行政院文化建設委員會 指導

第十二屆現代少兒文學獎獲獎作品

米呼米桑・歡迎你

王俍凱 著

評審委員的話

蔣竹君：小說中的主角一再轉學就讀的背景，可能正是目前很多移民或台商家庭中孩子要面對的困擾。反映出如何生活在屬於自己的空間，才能使孩子優游自在。

本書主旨在由對原住民布農族歷史文物的了解，說明了人類與大自然和諧共存的原則，但史料過重的描述，卻減弱了小說性。

徐錦成：小說從上海寫到台灣原住民部落，幅度廣闊。作者顯然下了一番功夫，將知識融入故事中。

讀這篇小說，眞可以「多識於鳥獸草木之名」。

目錄

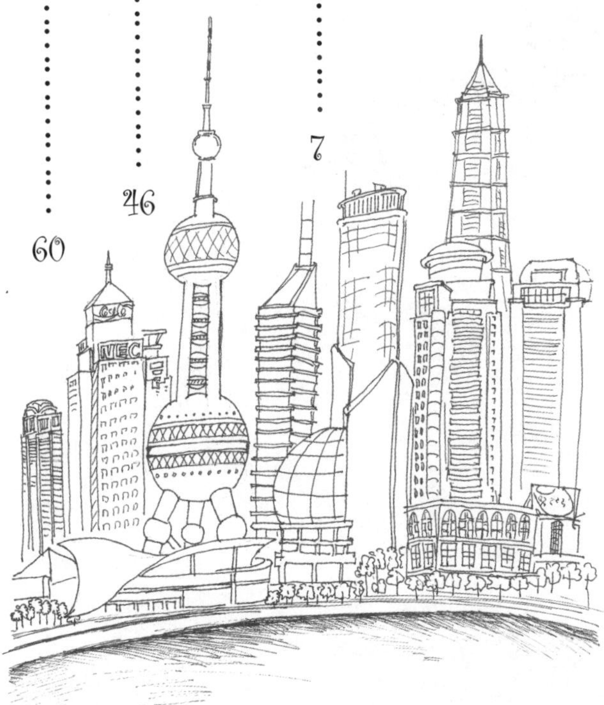

1 禮 物

一、放假了

六月二十七日，操場上所有的小朋友都帶著愉快的心情，準備參加結業典禮。這天是這學期上課的最後一天，隊伍裡鬧哄哄的。大家都趁著老師們還在開會，盡情的聊天、開玩笑，一點也不畏懼炎熱的大太陽正照在頭頂上。每個同學都為即將來臨的暑假而感到高興。

小強更是興奮，因為爸爸曾說：如果小強考試能考前三名，就要送他一份很好、很難忘的禮物。剛剛老師很清楚的告訴他，這次小強的國語考了九十六分，是全班分數最高的一位，雖然數學並不理想，但總名次得了第二名，是升上四年級以來，表現最好的一次。

「很好、很難忘的禮物」究竟會是什麼呢？期末考之前小強就一直期盼著這份神秘禮物，為了得到這份禮物，小強也因此更加努力用功。皇天不負苦心人，終於讓他如願以償的獲得了全班第二名。小強這天放學就可以清楚的問爹地了，真令人期待。四周同學們在談論什麼事，小強一點也不在乎，滿腦子只有「禮物」一件事。

「小強啊！升到五年級，得重新編班，同學們可能就無法天天在一起了。」志成說。

志成是小強從幼稚園開始就同班的好朋友，也是好鄰居，見小強一副心不在焉的模樣，不禁大聲的叫著：「小強啊！以後我們可能不在同一班了。」

「那有什麼關係，反正大家都在同一間學校上課，還是可以天天見面的啊！」小強覺得無所謂，又不是從此不再見面。

但志成似乎覺得有點難過，小強趕緊安慰他說：「你家與我家就差一條巷子，走路不用十分鐘，騎腳踏車兩分鐘就到了，同不同班有什麼關係，我們還是可以天天見面啊！」

是啊！小強與志成都是家中唯一的男孩，從小兩人就玩在一塊兒，像親兄弟一般，就算不同班也不會影響彼此的友情。

「你暑假要去哪裡玩？」小強問志成。

「我可能得幫爸媽賣麵包，哪裡也不去。」志成說。

志成的爸爸原本是一家公司的業務經理，忙得幾乎每天都不在家。失業後與志成的媽在家做麵包，做好就開車到鄉下或海邊的觀光區去賣。有時生意還挺不錯的，當然也有一整天連一個麵包也賣不出去的時候。

「對不起！」小強覺得自己不該這麼問。

「沒關係啊！只要全家在一起就好了，而且我們一家四人一起去賣麵包和咖啡時，就像是出去郊遊一樣，也很快樂啊！那你會去哪裡玩哪？」志成倒是不介意小強這麼問。

「不知道，要看爹地有沒有空。」其實小強心裡一直希望爸爸能帶他到美國的迪士尼樂園玩。

高培強，大家都叫他「小強」，對這個稱呼他原本是沒什麼意見，但自從電視綜藝節目主持人把蟑螂稱為「小強」後，他就開始討厭這個名字了，不過大家仍舊叫他這個外號。

他是台南市永福國小四年級學生，二〇〇三年夏天就要升上五年級了。是家裡唯一的小孩，但因為父母都是生意人，常常不在家，每天都跟奶奶一起吃飯、看電視，常常覺得日子過得很無聊。

父母這兩年因生意上的需要，常往大陸跑，難得回家。這幾天剛好父母都回到台南家裡，可以全家一起吃飯、看電視。這是小強覺得最快樂的時刻了。

才剛回到家，還來不及脫下鞋襪，小強便興奮的大叫：「爹地，我考了第二名，全班第二名哦！你可不要忘了你的承諾哦！」

爸爸正忙著在餐桌上使用他的手提電腦，並不是很專心聽小強說話，只是淡淡的說：「爹地不會食言的，過兩天就帶你到上海玩。」

二、特別的禮物

晚飯過後，爹地將打算帶小強到上海的想法告訴奶奶，卻引起她老人家極度的不高興。

「什麼！要把我的乖孫子帶到上海，這樣安全嗎？不是常常聽到有台商在大陸被壞人綁票的消息嗎？那兒太可怕了，還是不要去的好！」奶奶似乎不贊成小強到上海去。

「上海？我不喜歡到那裡。」小強說。

小強對上海一點概念也沒有。自從父母到大陸做生意後，奶奶每天都念著：「世界那麼大，偏偏到大陸去，那裡不乾淨、不衛生，還不安全。」有時電視新聞提到有關大陸的黑心商人，做了什麼藥水漂白的豬肉啊！破布做的棉被啊！這些可怕的消息，讓小強打從心裡就不喜歡那個地方。

「不會啦！上海是個很大、很進步的城市，治安也很好。電視上講的是大陸別的鄉下地方啦！」媽咪在一旁說著：「也許將來你會喜歡住在那裡，根本不想回來了。」

「到上海?!」小強有氣無力的拖著書包往房裡走。

他有些失望，他期望的是到美國的迪士尼樂園玩，要不然東京迪士尼也可以啊，為什麼偏偏要到上海去呢？上海會是個什麼樣的地方呢？上海只不過是爸爸工作的場所，那裡一定是很不好玩的地方。會是奶奶所說恐怖的城市？還是媽咪所說現代進步的美麗都市？

雖然小強不太願意到上海過暑假，不過也沒有機會拒絕，因為爹地早在一個星期前就買好了飛往上海的機票。七月一日小強便與媽媽一同搭機前往香港，再轉機進入上海。

小強心裡想，其實有沒有考前三名都沒關係，爹地媽咪都會帶他到上海來的，難道這就是所謂的「神秘禮物」嗎？他覺得有種被欺騙的感覺。

2 上海假期

一、飛到上海

在炎熱的七月，小強與爸媽從高雄小港機場出發，先來到香港，再準備轉機到上海。

飛機上，爹地想替小強向空服員要份兒童餐，但被小強拒絕了。「我要跟你們吃一樣的，我已經不是小孩子了。」小強急忙解釋。

「看來我的小強已經長大成為小紳士囉！」爹地笑著說。

今年夏天小強長高了不少，快要一百六十公分了。在飛機上也不好意思和美麗的空中小姐要兒童餐及兒童禮物，看著一旁差不多是念幼稚園年紀的小朋友們，高高興興的玩著兒童禮物，小強覺得他們好幼稚，而自己則像是個大人一般。

「既然小強認為自己已經是大人了，那就要學會自己照顧自己囉！」爹地鼓勵的說著。

「那當然！」小強很有自信的說。

「但，我還是不放心耶！」媽媽一旁說著。

「到時候再看看吧！」爹地說。

小強不知道爸媽在說些什麼，只覺得爹地能把自己當大人看待，這是件很令人高興的事。

小強以前來過三次香港，都是因為考試考好而獲得的獎賞。只不過那時的目的地就是香港，一下飛機就急急忙忙離開機場，不像這回得在這兒待兩個小時等待轉機，有足夠的時間可以逛逛這寬廣又美麗的機場。

這機場真的好大，商店好多，到處擠滿了人潮。小強總是緊緊的跟在媽咪身邊，深怕一不留神就走丟了。

商店街上有機器人在分送巧克力，加上各種膚色的人種都有，他們所講的話也各不相同，英文、廣東話、中文都有，還有好多聽不出是哪一國語言的話，吱吱喳喳的，十分熱鬧。

兒童遊戲區的玩具早已引不起小強的興趣，高級服飾、皮包也吸引不了小強的注意，唯有各式零食才是最受小強歡迎的。這裡的東西雖然與台灣的百貨公司差不多，小巧的外觀卻有著極大的吸引力。像「零食物語」裡可愛的日本糖果，包裝得比新光三越的專門店還要精緻。

小強顧不得剛剛才跟爹地強調自己是小大人的宣示，忍不住撒嬌買了一袋又一袋的糖果餅乾。兩個半小時的時間，竟然不夠他買東西。

直到廣播傳出「前往上海的旅客請準備搭機」的聲音，小強才捨不得地離開那多采多姿的糖果屋。

上海會是怎樣的地方呢？是否真的像奶奶所說：到處都是會騙人的壞人、到處都只有腳踏車的落後地方？小強心裡一直為這個問題苦惱著。

只剩不到三個小時，就可以抵達那個令人既期待又害怕的都市了。

二、上海的第一夜

從香港到上海的飛機，不像從高雄到香港的氣氛。機上空中小姐所說的話，就像電視劇裡的演員般，說得字正腔圓。可能剛剛巧克力糖吃太多了吧，小強面對服務員送來的「牛肉煲仔飯」一點胃口也沒有，吃了兩口便迷迷糊糊的睡著了。

在美麗的夜色中，小強來到了上海。

飛機預計在晚上十點半降落上海虹橋機場。

爹地輕輕的搖醒了睡夢中的小強。小強從小小的機窗往外看，外頭的天色早已暗了。黃色的路燈像棋盤般整齊排列著，還有許多高樓大廈的燈光堆積著，整座城市像國慶日施放煙火一般，光亮無比。

飛機越接近機場，越能感覺到那片燈海一直蔓延沒有邊際。看來上海比高雄、台北都還要來得大些，是個巨大無比的都市，與小強原先心裡所想的完全不一樣。

飛機才剛停穩，機上旅客還未等廣播解說，就迫不及待的取下行李。還有許多上海人大聲的講話著，機艙內顯得一片混亂。小強只能緊緊的拉住爹地的衣角，一步一步跟隨爹地小步前移。

好不容易擠出了機艙，人群才逐漸擴散在廣大的機場大廳。

「上海可是中國第一大城市，跟你所想像的不一樣吧！」爹地說。

「奶奶不是說這裡十分落後嗎？」小強想奶奶說錯了吧！這兒一點也不落後，比起台南機場不知要大上幾百倍哪！「可是這裡怎麼有

NEC

點冷清，不像香港那麼多人。」小強問。

「現在已經快晚上十一點了，當然旅客不多囉！」媽咪看看錶說。

小強所搭的這班飛機，是當天最後一班入境的。有的櫃檯已經關上窗口，或是零星的沒剩幾個人。前面海關或搬行李、貨物的人員，都是呵欠連連，態度也很不親切，撞了小強還破口大罵，嚇得他趕緊躲到爹地背後。

機場裡的標語牌很多，有個大大的牌子上面寫著：

上岗时应仪表整洁、举止端正、精神饱满，著装规范，配載工号牌、通行证。

這裡所寫的都是簡體字，小強雖然看不懂，但隨便猜一猜，十之八九還是能明白它的意思。就像是猜字遊戲，看來十分好玩。

「爹地，『上崗』為什麼要儀表整潔呢？」小強好奇的問。

「『上崗』是指工作的時候啦！」爹地解釋著。

小強原以為「上崗」就是爬上小山坡，經爹地說明，才知道兩岸雖然都是中國人，除了文字繁體與簡體不一樣外，意義也不太相同。沿路一段一段的唸著標語，真是有趣。

出了海關，就得到外面等待行李。小強把四周可唸的標語都唸完了，行李還沒輸送出來。擠在轉盤周圍的人越來越多，每個人似乎都很累了，但眼光還是盯著轉盤上，沒有人移動。小強靠在爹地身上看著行李輸送帶慢慢的轉動著，就是等不到自己的行李。有人沒耐性地開始破口大罵起來。小強覺得上海的人好像很喜歡罵人，常常罵得很大聲，太沒禮貌了。

又等了十多分鐘，小強家人的行李終於慢慢的從黑色橡皮帶出口，一件件的滑了出來，出現在轉盤上。

小強一家人從出關到機場大廳足足等了一個多小時。到了入境大廳，外面早已擠滿接機的人。有人拿著牌子、有人乾脆拉開嗓門大聲叫嚷著。

「爹地!會有人來接我們嗎?」小強擔心的問著。

「來接我們的人會不會等得不耐煩跑掉了?」媽咪也擔心著。

父親急著看手腕上的錶,現在快午夜十二點了,大廳裡等接機的人越來越少了。

「我們不要等了,自己搭車去旅館好了,再等下去也不是辦法啊!」爹地提議說。

「是啊!你們公司的司機怎麼這麼沒責任感,多等一下又會怎樣哪。」媽咪抱怨的問:「你有沒有再跟他連絡一下呢?」

「電話連絡了好幾次,都沒人接啊!現在已快午夜十二點了,早過了他們下班時間,公司司機哪可能等我們到這麼晚呢,別抱怨了,自己搭車去吧!」爹地說。

三人提著沉重的行李到空港巴士站,才知道最後一班車早已在晚上九點半開走。小強疲憊的身體已快被瞌睡蟲打敗了,總覺得從離開香港到上海的這段路程一直很不順利。

好不容易才找到一部計程車，一家人在深夜中趕到浦東預約好的旅館。

下了計程車，媽咪趕緊問爹地：「剛剛你給了多少車資？」

「二百啊！」爹地說。

媽咪又趕緊的問：「台幣還是人民幣？」

「當然是人民幣啊！」爹地說：「我知道你要說我們被坑了！」

「是啊！又當呆胞了。從機場到浦東大約人民幣五十至七十元左右。足足貴了三倍耶！」媽咪抱怨的說。

「沒辦法啊！上海司機大都會欺騙外地人，我們一開口，精明的上海人就知道我們不是本地人，故意繞道，害我們多走冤枉路、浪費了冤枉錢！可是現在已經超過半夜十二點了，難不成要跟他大吵大鬧啊！就當給他們的小費吧。」爹地說。

爹地與媽咪是既生氣又無奈。

「爹地啊！上海人都這麼壞，隨便欺騙別人嗎？」小強問。

「或許我們比較倒楣，遇到騙人的司機，我想應該也有誠實的上海人吧！」爹地說。

一家人拖著疲憊的身心，走進緊鄰浦東新區東方路上的這間旅館，高聳的東方電視台就在身後，在深夜中依然點著明亮的燈光。

走進這間名為「東視花苑」的旅館，看到好高好漂亮的大廳，中間擺的花，單單是花瓶就快要和小強一樣高了。天花板垂下來的吊燈，比新光三越百貨的吊燈還要大、還要亮。

再漂亮的大廳也敵不過沉重的眼皮。穿過了長長的走廊，踩在厚厚軟軟的地毯上，一到房間，小強見到床鋪，便整個人趴在床上，動也不動，只想讓累壞了的雙腳好好的休息一番。

三、吃喝玩樂在上海（1）

隔天早上，小強起床發現自己躺在這麼豪華舒服的床上，看著窗外高樓大廈的景色，忽然想起，自己早已來到了上海這陌生的城市。

爹地在陽台上運動著，媽咪卻從浴室傳來催促的聲音：「小強啊！快起來囉，不然早餐吧就要收攤了。那裡有你喜歡的鬆餅喔！」

雖然小強還想多賴在床上一會兒，但昨天在飛機上只吃了一點點難吃的食物，現在早就飢腸轆轆了。聽到媽咪說有好吃的鬆餅，趕緊跳下床來。

餐廳很大，擺在餐桌上的菜也很多，早餐吧分為中、西式兩區。西式區是小強比較

喜歡的一邊，除了土司、牛角小麵包外，還有火腿和許多種口味的果醬；而中式區的有稀飯、豆漿、燙青菜、餡餅、煎餃、肉鬆、小籠包，特別的是還有用豆豉炒的小菜。怎麼有人一大早吃這麼鹹的東西，小強心裡很納悶。

這兒的鬆餅比不上台灣速食店的口味，但「海鮮蛋花粥」卻是滿好吃的，小強一連吃了好幾碗，吃到肚子都撐脹了，才注意到這兒非常的寬敞明亮，整面牆的落地玻璃，能欣賞到戶外花園的美麗景色。小強坐在落地窗前，看著外面花園盛開著許多色彩鮮豔的花朵，想到昨天的這個時候還在香港機場買糖果；前天的這個時候在台南家中和奶奶一同剝花生；而大前天的這個時候還跟志成在學校玩躲避球，日子變化好多、好快。

小強記得要來上海的前一晚，奶奶跟爹地吵架，奶奶說上海不好，那兒全都是「共匪」，還是個落後不衛生的地方。但到目前為止，小強所看到的上海不但不是個落後的地方，還是個美麗的大都市。但哪裡會有「共匪」呢？他們又是怎樣的人，會不會是一群壞人呢？雖然媽咪一直說上海是個好地方，可是小強心裡還是有些害怕。

吃過早餐，媽咪說要到市區去逛逛。

「我們先搭過江隧道的車到浦西去吧！」爹地說。

小強一出旅館便發現，原來這個城市這麼大，房子大、馬路也大，到處都顯現出十分繁榮的活力。小強跟著爹地從國際會議中心南側搭無人駕駛的車廂到黃浦江另一邊的外灘。因車子有大片透明的窗，可以看到外頭設計的各種奇異色彩與圖案，像黃色的海星，粉色的花朵，真是美不勝收。

過了夢幻般的隧道，小強才發現，上海的天氣竟然這麼熱。馬路上，開車的人、騎腳踏車的人，還有行人，只要沒看到警察，紅燈照闖不誤。這兒有好多騎腳踏車的人，比台灣的機車還要多。但無論是腳踏車騎士還是開車的司機們，好像都很喜歡按喇叭，一路上叭個不停，到了漕溪路附近，更是嚴重。道路上人擠人、車擠車，還有大聲講話吵架的，耳朵都快要破掉了。

路上車水馬龍，人們都是來去匆匆。人群的交談聲也很大，小強以為他們是講國語的，但路人似乎都講上海話，常常聽到他們在講「阿拉上海」怎樣怎樣，讓小強很不習慣。

出了隧道口，媽咪說：「我們搭地鐵好了。」

上海地鐵車站有兩層，幾乎都擠滿了人潮，不過每隔二分半鐘發一趟列車，停車時間只有三十秒的高效率，讓人覺得不會在車站等待得很辛苦。

小強認為地鐵確實很方便，但上海人在擠地鐵時，真的很不守秩序。有人拚命地擠了一大堆座位，只為了放自己的東西。小強因為早餐吃了太多的果汁與粥，一直想上廁所，央求爹地趕緊帶他解決內急問題，才坐了兩站，又急忙走出地鐵二號線，直奔眼前的大樓。

這棟大樓正是「上海城市規劃展示館」，小強在此上完廁所，又吹了舒服的冷氣，整個人才覺得舒坦有勁些。

爹地說來這裡就可以清楚的看見上海這美麗城市的模型。小強對這兒的展覽原本並不感興趣，但在這個展示廳中，可以清楚看到上海最著名的建築模型，還有近代上海的演變，滿有意思的。

「小強，你喜歡這裡嗎？」爹地問。

「爹地，你為什麼要一直問我喜不喜歡上海呢？」小強問。「來上海還不到一天，你們已經問我第五次了耶！」

爹地沒有回答，只是微笑的說，那我們到別的地方逛逛吧！

四、吃喝玩樂在上海（2）

小強一家人在「東視花苑」旅館住不到兩天，便由一位白伯伯接到五角場的蘭花新村。這兒雖然沒有飯店的豪華，卻也是一處很棒的住宅：除了有漂亮花園的二層樓洋房，還有一間屬於小強自己的大房間，比起台南的小公寓好多了。

「能住在這麼棒的房子真好！」小強高興的說。

「那，你喜歡上海囉！」媽咪問。

「嗯！」小強說。

這裡離上海市區有點遠，但接下來幾乎有一個禮拜的時間，爹地和媽咪都帶著小強在這個大城市裡遊玩。

第一天，爹地因公務要到龍吳路，便問小強要不要一起到附近的植物園逛逛。

「上海沒有動物園嗎？我比較喜歡去動物園。」小強說。他想植物園除了花草樹木外，一定沒什麼好玩的。

「動物園與植物園好像不順路耶，那早上你與媽咪自己去玩，下午我們再一同去動物園吧！」爹地說。

「既然你喜歡看動物，我們就去水族館吧！」媽咪說。

上海真是好玩，小強覺得這兒永遠玩不完。跟著媽咪先來到位於東方明珠旁、外形好像是金字塔的上海海洋水族館，這個水族館比起小強在台灣去過的任何海洋館都還要大，逛一趟下來，走得小強的腳痠死了。

一進門就得先搭電扶梯到達第三層樓，然後才逐一往底下樓層參觀。這兒除了有一般水族館裡該有的各式各樣奇特的魚類外，最特別的是有個很大很大的大屏幕水景展示缸和海底隧道，各種美麗的魚群就從遊客的頭頂上自由自在的游過來游過去，讓小強覺得自己像在海底漫遊似的。

中午與爹地約在肯德基炸雞店見面。這兒的套餐似乎特別大，小強吃了一半就吃不下了。

下午一家人來到位於虹橋路的上海動物園，園內樹木蔥鬱，綠草如茵。動物棲息的籠舍也蓋得美觀漂亮。除了有來自世界各地的非洲獅、長頸鹿、企鵝、河馬、海獅等，還有中國珍貴的大熊貓、金絲猴，這些都是小強從來沒見過的動物。而海獅、猩猩、熊貓、熊的表演，也讓小強看得十分高興。

一天內連走了水族館和動物園，雖然開了眼界，卻也累壞了小強。一回到「家」裡，小強還沒洗澡就倒頭呼呼大睡。

夢裡可愛的熊貓與小強一同在上海的馬路上追逐、跑步，好不快樂！

第二天，小強的腳還有點瘦，那兒也不想去，白天一直躲在房裡玩台灣帶來的電動玩具，直到晚上才和家人一同到南京路壓馬路。

爹地說這兒是上海最熱鬧、最繁華的商店街，千餘家大大小小的商店鱗次櫛比，是個購物天堂。在這步行商業街裡頭走，完全不用擔心車子，走累了還有小電車可以坐。穿、吃、用、玩應有盡有，數不勝數，連台灣的珍珠奶茶都買得到。

爹地指著「先施」、「中國國貨」說這些可都是有一百年以上悠久歷史的百貨公司呢！都是中國最早的百貨公司。但小強總覺得還是台灣或香港的百貨公司比較好玩。

第三天爹地說要去城隍廟一帶吃東西，小強覺得很奇怪，「廟」不是拜拜的地方，怎麼會是吃東西的地方。

「就像台灣的廟前面不也有很多賣小吃的攤位嗎？」爹地說。

「可是這個城隍廟前的小吃可多到讓你看不完、吃不完喔！」

小強心裡想，這廟前小吃大概就是賣香腸、糯米腸或豬血糕之類的攤子吧！應該沒什麼特別。

一家三口擠上了782路公車來到城隍廟，小強又一次開了眼界。這兒就像是電影城一般，到處都是外觀古色古香的古代建築，裡面卻是裝有自動扶梯、冷暖空調的現代先進設施。

還沒見到「廟」，卻看到了一大堆好吃、好玩的東西。賣鳥的、賣書的，還有各種零食，看得小強每樣都想嚐嚐。像是有家店的門口擠滿了人，賣的五香豆乾竟是綠色的像發了黴似的，吃起來微帶甜味，還真是好吃，而且便宜。還有在台灣沒見過的「梨膏糖」，根據老闆說這是唐朝宰相魏徵在煎藥侍奉母親時，因為藥太苦而加上梨和冰糖熬煮，就成了梨膏糖。這種特別的東西，小強當然要爹地買來吃看看囉。

媽咪更是發了狂似的，看到每樣東西都直說便宜。在小吃店裡點了蓮子紅棗、蟹殼黃、鮮魚和韭菜做的魚茸春捲、棗泥酥餅以及熱騰騰的氣鍋雞，一桌子都是知名的上海點心，吃得一家人的肚子都撐了，只好出去走走幫助消化。

媽咪說：「上海早在清朝時就作為通商口岸，所以可以說是匯聚了各地小吃，東西好吃沒話說。」

才吃飽走出餐館，媽咪又看見有一家名為「南翔」的小吃店，店門口大排長龍的人群都是為了買小籠包而排隊。原本媽咪也想跟著排隊買來吃吃看，但實在吃不下，只好作罷。

「反正以後還有機會來吃的。」爹地說。

逛了好久，小強才看到一間道教大廟，這兒是由大殿、中殿、寢宮、星宿殿、閻王殿、財神殿、文昌殿、許真君殿、玉清宮等許多殿堂所組成的。

爹地說：「外面這裡就是一般人所說的『豫園』了。它的外形沿襲了明清江南園林的風格，飛檐翹角，畫棟雕樑。園內處處峰迴路轉、玲瓏秀雅，圍牆上有磚龍盤繞，栩栩如生。這兒有三穗堂、仰山堂、卷雨樓、萬花樓、會景樓、九曲橋、荷花池和點春堂等三十餘處勝景。」

「怎麼會有這麼大、這麼美的庭院蓋在上海呢？」小強問。

爹地看著解說書說：「中國人在顯達富貴後，通常會為自己蓋一座大宅院。在上海，以前有一位姓潘的有錢人家，蓋了大房子，後來

發展為『豫園』。如今已是江南著名園林之一，林園遼闊，亭台樓閣錯落有致，具有富甲一方的氣派，小橋流水、假山綠蔭植入圍牆之內，豫園就是這麼一間超級豪華的住宅。」

城隍廟和豫園這樣好玩的地方，倒是在台灣沒有見過，怪不得來這裡的外國人很多。

第四天媽咪說要到廟裡拜拜。

小強來到上海已經好幾天了，但他發現這裡不像台南幾乎每條街上都有廟，媽咪會去哪裡拜拜呢？

白伯伯說：「上海人常去的就是『玉佛寺』了。你們可以搭19路公車去。」

雖然吃過早餐，但小強在路邊看到賣包子的小攤時，那熱騰騰的香氣，讓小強不覺得肚子又餓了起來。媽咪因為忙著打手機，拿了幾張人民幣，叫小強自個兒去買。

「老闆，我買個包子。」小強說。

「兩塊錢！」老闆說。

小強覺得有點奇怪，「包子攤前面不是寫著包子一元嗎，為什麼賣我兩元？」

「因為你這個是特別的，特級品啊！」老闆笑著說。

小強雖然有點疑惑，但算算，這麼大的包子還不到台幣十元，可真便宜。這麼大個兒，像小披薩般，外面的皮雖厚，但裡面的內餡也特別大，味道有點兒鹹，肉汁滲透到外面的包子皮裡，真是美味哦。

媽咪聽了小強的說法，氣得直說：「連買個包子都要被騙，真是被當成了呆胞。」

這天爹地有事無法陪小強母子一起去玉佛寺，於是小強和媽咪兩人搭了公車到安遠路。

這裡有點像武俠電影場景一般，完全沒有大城市的味道。朱紅色的樑柱、杏黃色的粉牆、飛檐抖栱，寺內香煙繚繞，莊嚴的佛像，加上巍峨的殿宇，給人莊嚴肅穆的感覺。到此拜拜、禮佛、參觀的遊客絡繹不絕。

這座具有百餘年歷史的古廟，裡面除了一間間精緻的佛殿外，還有由整塊白玉雕成的釋迦牟尼坐像和臥像各一尊，高達一點九公尺的玉佛坐像，白玉精雕而成，晶瑩剔透，慈眉善目，身上綴滿多色的瑪瑙，非常美麗、莊嚴，而且還價值連城。

不過小強覺得奇怪，台灣的廟是每個人都可以去拜拜的，在這裡怎麼進廟拜拜也必須購買門票，好像到哪裡都要票啊！

「現在已經很不錯了，以前是連拜拜都不准哪！」媽咪說。

小強不懂，同樣是中國人生活習慣怎麼差這麼多。

這天晚上爹地、媽咪與小強在淮海路口的天倫酒樓吃晚餐。媽咪說一家人吃了蝦子大烏參、蟹粉獅子頭、滷香乳鴿才兩百多元人民幣，真是便宜，小強也覺得十分好吃，不像上海其他餐廳的菜那麼鹹。出了餐廳，上海市區早已燈火通明了。時間還早，所以爹地提議到外灘散步一下。

小強以為外灘是個海灘，原來是條很漂亮的馬路。爹地說上海的繁華是從外灘開始的。一百多年來，一直展現出雍容華貴的氣勢，被稱為「萬國建築博覽」，這裡可是中國第一條景觀道路。沿著外灘一千五百多公尺的濱江大道，有著代表上海百年歷史一幢一幢的異國風格建築大樓，像哥德式、羅馬式、巴洛克式等。

這裡雖然很美，但走了這麼長的路，小強的腳實在很痠，直嚷著要趕快回家。

但媽咪卻說還要去一個很重要的地方。

「什麼地方那麼重要哪？」小強很好奇又充滿期待，在上海似乎隨時都會有神奇、新鮮的事發生。

一直到了福州路，小強看到這兒到處都是書店。

媽咪說：「就是這兒了，我們要來買些書。」

「什麼！跑了這麼遠的地方就為了買書！」小強很失望又覺得很奇怪。「為什麼要買書呢？」

「多看點書總是好的。」爹地笑著說。

爹地說這條街是上海的文化街，全上海書店最齊全、最集中的地方。

小強雖然不太滿意，但從小喜歡逛書店的他，還是仔細的瞧一瞧這裡的書店與台灣有什麼不同。他覺得這兒比不上誠品書店的好，但

東方書城有個很高很高的書架，還有個軌道式扶梯，可以讓人在滑動的扶梯上，很輕易的找到自己所要的書。

爹地幫小強買了不少的書。

走出書局，小強看著媽咪買的書，都是小學教科書。

「媽咪啊！為什麼要買他們的課本哪？」

媽咪並沒有理會小強，也不加以說明，只顧著往前走。

「小強啊！明天爹地和媽咪可能沒空陪你出來逛，你在家裡看看書好嗎？」爹地說。

不一會兒袋子竟然破了，書本都掉了出來，原來是塑膠袋實在薄得可以，大概只有台灣塑膠袋的二分之一厚度。

「可是書裡所寫的都是簡體字，我又看不懂。」小強將書本撿起，隨手翻了幾頁說。

「你慢慢看就會懂了，簡體字不會很難。上回你在機場不是對簡體字很有興趣嗎？」媽咪說。

簡體字看起來真的很不習慣，小強不懂，好好的中文字，為什麼要把它們改成這樣子呢？

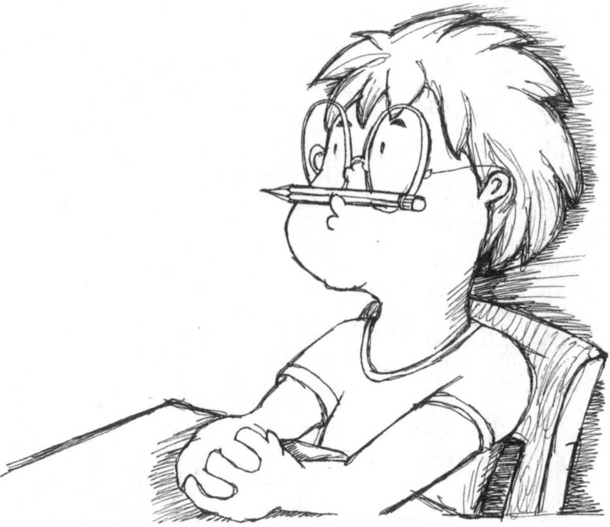

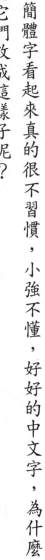

3 抉擇

一、上海的學校

這些天以來，爹地和媽咪帶著小強四處逛，最現代摩登的新玩意兒，和最古老的舊東西在這裡都找得到，上海的確是個奇妙豐富的大都市。好玩好吃的東西、新奇有趣的事物隨時都有。一開始排斥來到上海的心情漸漸不存在了。

小強算著時間已到八月中了，爹地怎麼沒提到要回台灣的事呢？以前不管去哪裡玩，都讓小強捨不得回家，想賴著不走；這次小強卻是頭一個想趕快回家的人。

後來，爹地說只有假日才有空帶小強出去玩，小強愈來愈覺得這裡的日子也很無聊。他在上海一個朋友也沒有，想打電話回台灣與志成聊天，媽咪也嫌電話費太貴，說不可以隨便打。

自從有一回迷路後，小強再也不敢自己到處亂跑了，只好乖乖的在家裡待著。所以除了打電腦、玩遊戲機外，一點好玩的事都沒有。這個家雖然很大、很漂亮，但一個人獨自留在上海家裡真是無趣。打開電視，節目還真是不好看，不像台灣有一百多個頻道，隨時都有卡通可以看。

星期二早上，小強還在軟軟的床上睡覺，卻被媽咪叫醒。

「今天又不是假日，這麼早叫我起來做什麼啦！」小強前一天晚上玩電動玩具玩得很晚，早上七點根本爬不起來。

「快點！快把這套衣服穿上！」媽咪要小強穿上一套很正式的衣服。

「今天要去哪裡啊？為什麼要穿得這麼奇怪呢？」小強真的不懂，平時出去玩都穿運動服、運動鞋，爹地還說這樣比較好走路。今天倒是穿上了很久沒穿的皮鞋。

媽咪只催促著小強動作快些，卻不願詳細的告訴小強要去哪兒。爹地開著公司的車，並不像平時一樣往浦西去。大約半小時後，小強與爹地、媽咪一同來到這所位於浦東金橋開發區的金蘋果雙語學校。

「怎麼有學校名字叫『向日葵』的，真是奇怪。」小強說。

「這可是上海最有名的小學之一。」媽咪說。

這學校除了校名奇怪外，一切都很特別。這兒根本不像是間學校卻像是座花園，裡面還有音樂廣場，羅馬式迴廊，小橋流水。八月的上海天氣十分炎熱，但一進到這座學校，卻讓人感到十分的清涼。一進門就看到紅色的花崗岩上刻著「追求卓越，崇尚一流」幾個大字，還有許多小強看不懂的英文字及一朵金色的向日葵雕塑。走了一會兒，一位打扮得十分乾淨的女人，很客氣的過來與爹地打招呼，這是小強第一次見到這麼有禮貌的上海人。

她帶領著小強一家人，邊走邊解說：「咱們祖國正要走進世界，而且上海這麼國際化的大都市，英文當然很重要囉！雙語學校的最大特色就是能夠營造英語環境，以此來保證口語訓練的時間和質量。要求小學畢業時達到能用英語口語自然熟練地與人交流，突出英語，突破口語。

「但是，只有一門課強，是適應不了未來社會的，必須每方面都要強，所以『科學』、『數學』也都是我們所極為重視的。另外，像『書法』也是必修課，我們也要求小學畢業，每人都要學會一至兩種樂器。學生從小接受各類藝術的薰陶，以此來提高他們的藝術修養和審美情趣，進而形成高雅的品格……。」

她滔滔不絕的講著，小強卻注意到，學校裡到處是一片片的草地和一棵棵的綠樹，更誇張的是這兒竟然還有一個「動物園」，裡面還有好多鳥類甚至是白兔等動物。

「爹地啊！這學校的名字怎麼叫做『向日葵』，好怪喔！」小強忍不住的問。

「『向日葵』是永遠面向陽光的，它象徵著知識和智慧，象徵著完美和一流。」那位自稱是學生事務主任的女人說著。

接下來她又繼續詳細的介紹這間學校的設備。

「我們學校率先做到了『人人可上網，時時可上網，處處可上網』。」她很自豪的說：「而且，學校設有網站，班級有網頁，教師有簡介，學生有專頁。家長只要打開班級網頁，點上你家孩子的名字，學生的學習成績和行為表現，便可一目了然地展現在眼前。」

小強認為這裡的設備跟台南的永福國小相比並沒有什麼不同，一樣有電腦房、語音室和多功能教室的配置。她又不斷的向爹地說明向日葵學校有許多學生來自台灣。但媽咪則在一旁拿電子計算機拚命的按，拚命的算。

媽咪說：「這學校比台灣的還貴，算算一學年下來，單單伙食每學期兩千多元加上學費及課本、學習用品和其他雜費，也要花個人民幣兩萬元。」

「我想，您的小孩的教育品質應該是無價的吧！」學生事務主任說。

「可是，我們住楊浦那兒，所以……」

沒等媽咪說完，她連忙說：「交通絕不是問題，我們會安排專車接送。」

小強這時候才明白，爹地與媽咪這一陣子原來是忙著幫他安排新學校，所以要小強多學些簡體字。只是，小強不知道，為什麼一定要到這個人生地不熟的地方來唸書哪？

二、外星人

雖然這所學校設備的確很不錯，但小強心裡就是不太喜歡這所學校。在媽咪好言相勸之下，才在隔天依照和爹地的約定，來到這所小學就讀暑假班。

小學四年級升五年級的暑假課程，主要上的全是電腦與英文。在台南時小強也在美語及電腦補習班上過一些課程，但多是簡單的基本會話和文書處理的方法。同樣是國小五年紀的年紀，小強覺得這裡學的太難了，自己的進度根本跟不上啊！

學校為了訓練學生的日常生活用語，在餐廳開闢英語窗口，不說英語將在這裡打不到飯菜。為了怕說不好英文丟臉，小強乾脆不要吃中飯了。

下課後，小強獨自在校園裡散步，想到在這兒上課和在台南完全不一樣，一切環境都是那麼的陌生，真想回到以前的學校，過著天天都愉快的日子。

「喂！你就是我們班新轉來的『巴子』嗎？」一位男同學在一旁叫著。

小強看看周圍沒有其他的人，丈二金剛摸不著頭腦，不知他是否在叫自己。

「你好！我叫高培強。」小強說。

「喂，你哪來的啊？」那位同學口氣並不好的問著。

「我從楊浦來的。」

「算了吧！聽你的口音就知道你不是上海人，也絕不會是北京人。」

「我是台灣來的啊！」

「搞了半天，原來你是『台巴子』（輕視台灣人的意思）啊！」

「什麼是『台巴子』啊？」小強問。

同學們相視而笑，並未做解釋。

「我看你中午都不吃飯，是不是嫌這兒的東西不好吃啊！」那較高個子的一位說。

「我看他是不會說洋話，所以打不到飯菜吧！」矮個子說完，一票人更是笑成一團。其中一人還說：「我以為台灣來的都很有錢，沒想到他這個人刮皮來兮（寒酸像），身上沒一件是名牌貨兒。」

「看他雖然有些拎勿清（頭腦不清楚），但還滿懂經（懂事）的，沒準兒，他也是個小開。」

「你爹該是個『大款』（有錢人）吧！我看見主任對你爹PMP（拍馬屁）。」

「跟這種人侃大山（聊天）沒轍。」

「別管那『壽頭』（沒見過世面的人）了，咱們走啦！」

電腦課休息時間，小強以為可以和同學們多交談一下，沒想到同學們你一言我一語的，他完全不懂他們在講些什麼，覺得自己好像是個外星人一樣，跟同學總是格格不入。

幾天下來，學習課程的繁重、與同學間無法好好溝通，讓「上學」這件事對小強來說，成為一件極為痛苦的事。他很懷念在台南讀小學時的一切，可以與志成或和其他同學一起玩戰鬥陀螺、玩遊戲卡。這裡的同學似乎都沒有流行什麼玩意，每天就是為了通過英文檢定考而努力。

小強說什麼也不願再到那個學校去了。

三、回家囉

小強算算來到上海已經兩個多月了，真的很想家，很想奶奶，也很想所有在台南的朋友們。

九月二日，離開上海的前一天，爹地帶著小強與媽咪一同搭船遊覽黃埔江，欣賞上海美麗的夜景。這時的上海夜晚已有秋天的味道了，天氣有點涼，坐在船艙裡，兩岸的美景緩緩從眼前溜過。一邊是光彩奪目的浦東現代摩天大樓，比如造型像一座太空艙的「東方明珠塔」、中國第一的「金茂大廈」，各個高聳入雲，閃爍著晶鑽般的光芒。另一邊卻是完全不同的、風華絕代的浦西古典殖民建築。上回因為走路走得太累，沒仔細看外灘的模樣，這次從江上看過去，入夜後的千萬盞燈光，把外灘打扮得像仙境，美不勝收，倒映的七彩霓虹灑滿水面，耀眼奪目，真的很迷人，比起高雄的城市光廊壯觀好幾倍。

當游江船再往前緩緩駛去，眼前出現一座絢麗多彩的「橋燈」，像條橫跨黃浦江的彩虹，把夜色朦朧的浦西、浦東連成一體，又是一幅極為壯麗的景觀。

觀光船上的導遊小姐說：「楊浦大橋聽說是世界上最大的斜立橋，很多根橙黃色的銅索像展翅飛翔的雄鷹將主橋面凌空斜拉起來，氣勢雄偉，凌空飛渡，兩座鑽石形橋塔直刺雲天。」

小強聽導遊小姐說著道地的北京話，感覺就像在聽相聲一般有趣。

坐了半小時的船，才結束了這趟黃浦江之旅。下船不久，前面有條鐵架子組成的橋，看來有點老舊。

「爹地，這橋好特別，它有名字嗎？」小強印象中，電影裡常常出現這座橋，原來它並不大。

「你說前面的那座嗎？」爹地說：「它就是很有名的『外擺渡橋』，以前人們過這座橋不用付費，所以取名為外白渡橋。」

「原來上海也有好人啊！」小強自言自語的說著。

「是啊！我看我們這一趟上海行，多認識了許多事，不算是白來了！」媽咪笑著說。

上海的夜色真的很美，但小強心裡卻期待著明天，明天就要回台灣了，就要回去過以前的日子，就可以高高興興的和奶奶一起，也能快快樂樂的上學去了。

自從小強念小學以來，這是他第一次心甘情願的期待開學。

4 從府城到梅山

一、奶奶不在家

小強第一次離家這麼久，算算已有兩個多月了，從高雄小港機場出來，就馬上感受到台灣的炎熱與潮濕，但那種熟悉的感覺卻叫小強好興奮。

搭了快一個小時的車子回到台南，一進家門，小強便大聲的叫著奶奶，準備把在上海買的所有禮物全都拿出來給奶奶看，還有照片、攝影……，可是小強叫了好久，奶奶仍然沒有回應。

「怎麼沒有看到奶奶，奶奶該不會出去了吧！」小強問。

媽咪正從車庫將一些行李搬進來：「不用叫啦！奶奶搬到台中去了。」

「奶奶為什麼要去台中哪？」

「當初以為你會喜歡上海會留在上海上學，剩奶奶一個人，怕她孤單，所以請奶奶到台中叔叔家去住。」爹地說。

「那我去打電話，告訴奶奶我們回來了，我不留在上海讀書，她也可以回台南了啊！」小強說。

「電話不用打了，爹地還是要回上海，而媽咪這回也要跟著去，所以你也不會在台南讀書了啊！」媽咪說。

小強聽了有點莫名其妙。「難道不回永福國小上課了嗎？」

「你一個人在家，我們怎能放心？」爹地繼續說：「我已連絡阿姨，你先轉到她的學校去上課。」

「你是說在山上的阿姨！」小強記得阿姨好像兩年前到山上去教書，只有過年過節才會回來。她曾說那是個很偏僻的山區呢！

「那我自己一個人住在台南就好了。」小強說。

「這怎麼可以！」

「不要，不要，我才不要到山上去。」小強苦苦的哀求著。「我已經要升五年級了，我會自己照顧自己了，除了照顧自己還能照顧奶奶。」

「爹地已經跟阿姨講好了，先到她的學校就讀半年。等爹地把上海那邊的事都處理好了，就跟媽咪一起回台南跟奶奶和你一起住，好不好？」

看來不管小強怎麼要求，到阿姨學校唸書的計畫是不會改變了。雖然媽咪說是因為公司臨時有緊急需要，才會做這樣的決定，但小強心裡還是很複雜，怎麼這個暑假會變化這麼多呢？

上次到上海，覺得很陌生，可是這次要到山裡上小學，卻讓小強很害怕。山上的小學究竟是像台南的永福國小，還是像上海的向日葵小學那樣呢？

二、到阿姨的學校

才回台南一天，連跟永福國小的朋友道別都來不及，爹地就要小強到阿姨的學校就讀了。

星期四早上，爹地用休旅車載著小強、媽咪還有一大堆行李，從台南出發往南橫公路行駛。車上後座載了小強所需的物品，滿滿的五大箱，還有一部個人電腦。

「小強，你還有什麼東西沒帶的嗎？」媽咪一路上還不斷的問。

但小強總是不發一語，心裡很不舒服，覺得為什麼大人們作任何決定時都不問一下小孩的看法呢？小強心裡哪兒也不想去，只想跟上學期一樣，在原來的學校上課、交朋友。

「小強啊！這手機你拿著，媽咪幫你辦了國際漫遊，你可以直接打到上海來找我。」媽咪說。

小強依舊低頭不說話。

「到了那裡要聽阿姨的話，……。」媽咪一路不放心的繼續叮嚀著。

小強還是低頭不說話。

車子從台南市往東行，經永康、新化沿著二十號省道往東開，市區裡雖然車水馬龍，但因不是假日所以並不塞車。進入左鎮後車輛才漸減少，到玉井、北寮就有山地丘陵的味道了。由都會到市郊、山區，沿途的風景很美，大片大片的綠色山林與前幾天在上海的高樓大廈有著天壤之別。

開了一個多鐘頭的車，小強直嚷著要上廁所，爹地只好在甲仙稍作休息，順便吃東西。甲仙鄉前有個很大的招牌，讓人一看就知道這裡出產芋頭，而這個村落疏疏落落的房子看來還算繁榮。

爹地在一家小吃店停車，讓小強方便上洗手間。一會兒小強

到街上一看，除了一家便利商店外，四周幾乎都是賣芋頭的專門店。

「我們在這兒吃點東西吧！」媽咪說。

招牌上寫滿了芋粿、芋冰、紫芋酥、芋頭片、芋仔麻糬、芋泥餅，每一樣東西都和芋頭有關。

「台灣芋頭甲天下，甲仙芋頭甲台灣。」老闆很自信的說著。

「是啊！這裡的芋頭加工產品不少，都很有特色，可都是甲仙鄉的美味。」一旁排隊等老闆煎芋頭粿的顧客也跟著說。

吃飽後，小強精神也比較好了。走到小吃店後面的小巷旁，可以見到遠處的青色山脈。這裡視野遼闊，四面環山，前面有清澈的楠梓仙溪流過去，空氣顯得十分清爽。

稍作休息後，小強一家人又從甲仙順著荖濃溪邊的南橫公路，慢慢往上，接下來的道路大都是崇山峻嶺。爹地乾脆關掉冷氣，讓外面的山風徐徐的吹來，令人心曠神怡。遠望荖濃溪潺潺流過與山嵐縹緲的山脈，讓小強有置身仙境的感覺。

經過茏濃、寶來、高中、桃源、勤和、復興、梅蘭之後，樟山便出現在眼前。沿路景色越來越美，小強覺得根本就像置身在風景畫中。從一開始的闊葉林、竹林之外，也漸漸的看到了一些果樹，像有一些芒果樹，現在已結出了小小的果子，再往山上去，兩旁便轉變成溫帶的植物了。更高的則是梅花，只是目前不是梅子盛產的季節，現在既沒有梅花也沒有梅子，只有一枝枝的綠樹枝。

阿姨的學校似乎很遠，山路轉啊轉的，小強睡了一覺醒來還沒有到，走了好長一段窄窄的山路，過了好久才到一個較為廣大的平台，左邊有幾間漂亮的溫泉館及高級餐廳，右邊則是個大運動場和教堂。

「這裡有很多原住民的圖案耶！」小強指著遠處裝飾得很精緻的房子說。

「是啊！這裡是『寶來』，已經是個原住民部落了。」爹地說。

經寶來再到桃源鄉，海拔五百到一千八百多公尺的山間，氣候清爽宜人。可能是剛剛睡飽了，也可能是車窗外的風景太美了，過了寶

來，小強眼睛一直看著山谷、望著藍天。又經過了好長一段無人居住的山路，來到一處很漂亮的村莊，這裡原住民部落的感覺更濃厚了，因為走進梅蘭村沿著道路兩旁的住屋都擺設著布農族的雕刻作品，房子也呈現布農族建築的特色。

爹地說：「由南橫公路要進入玉山國家公園前，桃源鄉的梅蘭村是重要門戶，因為梅蘭除了擁有美麗的自然風光外，這兒的布農族居民大多具有藝術天分，所以梅蘭村充滿布農族藝術氣息。」

車子經過梅蘭村後，道路開始蜿蜒曲折，高海拔植物也越來越多。

「阿姨的學校怎麼還沒到啊？」小強問。

「真不懂淑芬怎麼會喜歡待在這麼偏遠的學校教書呢！」媽咪說。

「我想，過了這彎道應該就快到了吧！」

5 另一個世界

一、拜訪阿姨

小強一家人上午從台南出發，到了樟山早已是下午時刻了，算算時間共花了四個多鐘頭，坐得小強屁股痠痛。

阿姨見到小強一家人的到來非常高興，趕緊過來幫忙搬行李。

「淑芬啊！你分發到這個學校也已經三年了，難道還調不回平地嗎？」

「可是我就是喜歡這裡。」阿姨說。

「真不知道這裡有什麼好的。」媽咪說。

學校宿舍裡有好多間房間，一層總共住了十一人。阿姨的房間不到八坪，廚房和廁所都在最後面。

爹地幫小強把所有東西都搬進位在學校斜坡旁的宿舍；媽咪將小強的物品一件一件分類擺好。宿舍裡面並不很大，擺了小強的衣櫃、書桌、電腦桌後所剩的空間也不多了。

一直忙到下午，爹地與媽咪便開車回去了。

「我們明天上午就要前往上海了，在阿姨這兒要好好聽話喔！」

「記得傳e-mail給我喔！」媽咪說。

因忙著張羅小強住宿，阿姨晚上並沒有煮什麼，剛好隔壁張老師拿了幾隻竹筒飯過來，兩人就簡單的吃了起來。

不知是坐車太累，還是竹筒飯太好吃了，小強一連吃了三隻才過癮。竹筒飯裡除了白米外，還有小蝦米、小塊肉以及花生、栗子，實在太豐富了。

「阿姨，下次再做這種飯給我吃。」

「好！沒問題。」其實阿姨倒是滿擔心小強這個城市裡長大的孩子，不知道能不能適應山裡的生活，不知道與布農族的學童能不能好好相處。

吃過晚餐後，阿姨帶著小強到宿舍外的花圃坐著乘涼。說是乘涼，小強此時才發覺現在雖是夏天，但晚上的山上還是滿涼的。

除了宿舍的燈外，只有遠處有幾盞燈。小強意外的發現，原來夜晚並不是那麼的黑，還是可以感受到遠處的山峰及不遠處的道路。

天空上的星星非常多也非常亮，不消幾分鐘就會有流星穿過夜空，小強一個人沒見過這麼多的星星，以前跟著爹地媽咪跑到恆春看流星雨，人擠人的，也沒瞧見幾顆。現在天空就像是破掉的玻璃一樣，灑得整個天空都是。

「這是一個什麼地方啊？」小強問。

阿姨說：「桃源鄉位於玉山南麓，有著名的荖濃溪清澈動人的溪水，蜿蜒流淌在境內崇山峻嶺間。這裡屬於中央山脈，是高海拔林地，地形特殊，天然資源豐富。以前鄉境內有雅爾部落，山胞稱地名為『加拉猛』，而日治時期則叫做『雅彌』；光復後稱為『雅彌鄉』，以後又改名為『桃源』。這裡還有一些布農族人，很久以前越過關山、越過嶺南下向荖農溪流域一帶，趕走了當時在當地的南鄒族人，強佔該族之獵場拉固斯（今高雄縣桃源鄉樟山村和桃源村一帶），建立『拉婆蘭』、『拉固斯』等部落，也就是我們學校現在所在之學區。我們學校創於日據時代，那時稱『雅彌鄉梅山番裡教育所』……」。

阿姨解釋了一大堆，但小強想知道的，不是這兒的地理，也不想知道它的歷史，只想知道這是一個好地方嗎？

「這是一個怎樣的地方啊？」小強又問。

阿姨說：「我們這裡是桃源鄉的一個村落，是一個很美的天堂。」

「是嗎？為什麼是天堂？」小強問。

「這要你以後慢慢去體會囉！」阿姨又說：「對啦！你剛從上海

回來，覺得怎麼樣，喜歡那裡嗎？」

「上海是很繁榮啦！可是我不喜歡。」小強說。

「為什麼呢？」

「不知道耶！阿姨，你為什麼會喜歡這裡呢？」小強問。

「你把心放在這裡，你就會喜歡這裡了。」

小強聽不懂阿姨所講的。夜越來越深了，阿姨要小強趕緊回屋裡睡覺，明天才能準時到學校報到。

二、新學校新同學

第二天小強帶著極為複雜的心情來到樟山國小，這是最近四個月來小強就讀的第三所學校了。

這個學校從南橫公路過來，就在往玉山國家公園管理處入口不遠的地方。昨天太忙了，還來不及仔細看這所國小，今天才發現，這學校真的好小，加上幼稚園也才不過八個班級。

樟山國民小學

從大門口進來便是一道長長的下坡，然後一棟「耕莘樓」包括了教室和辦公室，而學校的一邊是山谷，對面是蔥翠的高山，沒有圍牆。

這裡的教室與台南的永福國小是完全不同的味道，更沒有上海向日葵小學的豪華，但讓人覺得有種溫馨的感覺。

上課鐘響了，小強坐在教室裡等了好久，怎麼只有幾個同學進來，同學們幾乎都是濃眉大眼的原住民。等老師進教師室後，小強才發現原來五年級只有這一班而已，而且班上連同自己也才只有十九個人。

三、矛盾的日子

小強原來功課就不差，學習能力也強，特別是在語言方面。目前的小學都盛行母語教學，雖然小強是班上唯一非布農族的學童，但他學起布農族語也學得有模有樣。

像「新系」是老師；「達馬」是爸爸；「基娜」是媽媽，罵人笨蛋可以講「哆啦」或「待莽」，不過小強最常講的還是「烏泥讓」（謝謝），歡迎朋友則說「米呼米桑」。小強說起原住民語比阿姨說得還道地、還好聽呢！

除了外貌沒有一般原住民小朋友的健康膚色和大眼睛外，生活適應上倒是沒什麼問題。來到這個小規模的學校，不到一個月就與所有同學認識、相處得很好了。

讓小強比較頭痛的是音樂課和體育課，他那破鑼嗓子怎麼唱也唱不好，而特差的體能也總保持班上倒數第一。

不過小強發現，這兒的小朋友完全不會因自己不是原住民而排斥他，不像上海的同學那樣重視是否為本地人。而且他還發現，同學們不會斤斤計較成績，不像台南的同學那樣在乎分數，所以每個人似乎都天天很「瑪娜思尬」（快樂）的模樣。

一轉眼已經十月了，有一天國語老師要同學用「英雄」來寫一篇短文。文筆不差的小強當然又得了九十二分的高分，而班上另一位女同學——伊布，也得了九十一分。老師要他們兩人把自己的文章念出來給大家欣賞。

小強寫了抗日女英雄楊惠敏在四行倉庫游泳插國旗的英勇故事；伊布寫的是「拉瑪達．星星」的偉大事蹟。伊布念完後全班同學拍手鼓掌，但小強念完後只有一兩聲掌聲，小強想大概是自己講得不夠精采，所以又自己亂編了一個「吳鳳被布農族人砍頭」的故事，還加油添醋的說布農族人用人頭來祭祀。

小強的故事還沒講完，座位上的同學便開始鼓譟，說小強亂講。

「我爸爸說吳鳳的故事是假的，根本沒這回事，小強說謊！」瑪廖抗議的說。

「我們才不會亂殺人的，你亂講話的啦！」阿怒也生氣的說。

一時教室亂哄哄的，張老師連忙起來說：「吳鳳的故事並沒有歷史記載，所以不能當史實來說。」

「可是書本有寫吳鳳穿紅衣服被殺死的事啊！」小強趕緊說明。「而且，我在網路上明明有看到布農族人用人頭來祭祀，我沒有亂說。」

聽了小強的說法，同學們又開始吵鬧了。

老師說：「布農族人有沒有用人頭來祭祀的事可能要問一下專家才知道，今天我們先不要討論這個問題，等老師弄明白了再告訴大家。」

經老師這麼一說，同學們安靜多了。但小強還是不甘心，自言自語的說：「真是一群沒知識的番仔！」

坐在一旁的呼宋聽了小強的話瞪了他一眼。

下課後，小強還是覺得不甘心，明明自己沒有錯，老師為什麼不稱讚自己，反而說沒有吳鳳的故事，而且呼宋還瞪了他一眼，小強越想越不高興，就偷偷跑到學校，把呼宋的椅子用粉筆胡亂畫一通，才稍稍消了心頭的氣。

晚上小強還用手機打給上海的媽咪，跟她訴苦。媽咪在電話中安慰他，要小強不必跟那些番仔計較。

小強聽了覺得心中的委屈被理解了，才快快樂樂的去睡覺。

小強以為事情就這麼過了，沒想到第二天一早問題才要展開。

首先是呼宋要小強把他的椅子擦乾淨並且道歉，但小強堅持不肯，還罵他是番仔！一旁的達海便憤怒的將小強推倒在地上，兩人便扭打起來了。

小強雖然有一百六十公分，比達海高了半個頭，可是打起架來，一下子就招架不住，被壓在地上動彈不得。

小強打架的事很快就成了全校的大新聞，阿姨與校長還有其他的老師同學們，一下子全擠到五年級教室前面。

當阿姨了解了整個事情的經過後，要小強向呼宋及達海道歉，倔強的小強死也不肯，阿姨便一巴掌打了過來。

小強更難過了，強忍著不哭，一直跑回宿舍，躲到被窩裡才放聲大哭。

小強在房裡哭得睡著了，直到下午，阿姨才隔著房門說：「如果你再不出來吃飯，我晚餐就要收拾起來囉！」

房間越來越暗了，小強從窗戶看出去，山裡的黃昏很漂亮，有各種顏色，偶爾還有一陣陣的山嵐飄過。

小強獨自抱著枕頭，覺得升上五年級後，一切都不對勁了。

在上海與同學相處不來，在樟山也與同學起衝突。小

強心裡想：難道這真的如同阿姨所說，是我自己的不對嗎？

四、運動會

十一月學校裡的重頭戲該算是運動會了，一連要舉行三天。運動會在這裡是很重要的聚會，不但一到六年級的小朋友都會參加，還有幼稚園的小朋友也不缺席，甚至可以說是全村的人，大大小小的家屬都一起來參加，到處擠滿了人，熱鬧的氣氛好比是過年一樣。

第一天的運動會就包含了很多項目，像是田徑、鉛球、跳遠、跳高、拔河、標槍，跟在永福國小的運動會差不多，只是大家參與的興致都非常高，而且競爭也都非常激烈。

小強體育表現一向不怎麼出色，不論任何比賽項目，與這群山上的孩子比，更顯得笨拙了。

賽跑比賽是中、高年級一起比，小強不但在五年級中跑最後一名，連三年級同學都跑贏他。一天下來，每個同學都興高采烈的數著自己的獎牌，小強像是局外人，連個銅牌也沒拿到。

阿姨忙著當司儀，小強一個人晃來晃去的，無聊死了。自從上次打架事件後，小強就不喜歡這裡了，不喜歡這裡的每一個同學，連理都懶得理他們。小強只等著爹地和媽咪有空時，會來接他回去，他心裡想：無論台南、台中還是上海，只要能離開這個鬼地方，去哪兒都好。

活動第二天，有負重接力比賽，把沙包扛在肩上跑，這對小強而言根本是天方夜譚，他連扛起五公斤的沙包都扛不動了，怎麼跑得動呢。而籃球、排球、棒球這種團體比賽，小強也只是充充人數罷了，籃球比賽從開始到結束，小強連碰到籃球的機會都沒有，所以灌籃得分這種功勞，絕對沒有他的份。

到了下午大家都在為趣味運動作準備。除了同學們，家長也一同參加了，搗米製糕、唱歌、舞蹈，還有抓豬競賽，都是很好玩的項目，連心情低落的小強也感到趣味橫生，刺激有味。

這天最後一個項目是班級大隊接力賽。每個人都要參加，這比賽是難不倒布農族的同學，但小強卻最怕這項比賽了，因為極有可能因自己太差勁了而影響到班上的成績。

小強在預備位置等了許久，終於輪到小強接棒，也正如小強的預期，跑沒幾秒，就已經開始落後別組的選手。此時，小強忽然聽見為他加油的聲音。

「小強加油！小強最厲害了！」加油聲不斷的響起。

原來達海正帶領全班同學一起為小強鼓舞打氣，大家在操場旁揮汗如雨的替小強加油的畫面，像是一股強勁的力量，拉著小強奮力的向前衝。

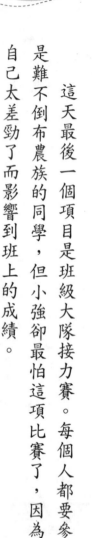

最後小強雖然不是第一名，但因為班上其他同學優秀的表現，還是讓五年級以些微的差距贏得了全校第一名，這種全班一條心的強烈榮譽感是小強從未感受過的。

受了達海鼓舞，才讓小強第一次在運動場上不是最後一名，也因此小強對達海的看法完全改變。

第三天的重頭戲是山區馬拉松。

其實打從一開始，小強就對這項活動不抱任何希望，甚至心裡還想，反正五公里的馬拉松，距離那麼長，中途躲起來休息也不會有人知道的。前一晚還是玩電腦玩到十一點多才去睡覺。

在校長鳴槍後，全校的同學從四年級的先跑，再來是五年級，最後才是六年級。從學校操場出發，要跑到國家公園入口處旁插著國旗的路燈，蓋完章再折返回來。

小強跑沒幾步，眼看後面六年級的同學一個個追趕過去了。又過了不久，所有同學似乎都遠遠的跑在前方，公路上只剩小強一人。

此時的小強因前一天沒睡好，加上昨天的大隊接力跑太快了，一時間腳忽然不聽使喚，一下子整個人都跌坐在路上。小強看看四周，一個同學也沒有，學校擔任護理急救的老師也像是到前方去了，大概沒有人知道這裡還有個落單的學生吧！

小強勉強的爬起來，走沒兩步又跌了下去，這回腳痛得更厲害了，像是稍微移動一下骨頭就要斷掉了似的，痛得小強不知如何是好。他往後看，離學校已有一段距離了，往前看，山路綿延更是沒有盡頭。叫了幾聲都沒有回應，只好放棄。一個人孤零零的坐在路旁，靠著山壁等待救援。

等了好久一直沒有人從公路經過，小強感到又痛又口渴。又過了許久，好不容易聽到有人跑步過來的聲音。仔細一看是達海一馬當先跑回來了。

小強還在猶豫要不要叫住他時，達海已經過來了。他停下來對小強說：「你不要亂動，我去叫護士老師過來幫你。」

「那你不是得返回中途站嗎？」小強問。

「是啊！如果現在不趕快折返中途站，就沒有護士及擔架可以幫你了。」達海說完，沒等小強開口又迅速的往前跑去。

小強心裡想，如此一來，達海就無法拿到金牌了，他記得達海曾說過，從來到樟山國小已拿了四面馬拉松金牌了，他有信心要以六年滿貫的紀錄全拿金牌。

最後小強在達海為他通知校護之下，順利的回到學校，但達海也因此而失去獲得金牌的機會。

五、新朋友

因運動會的幫忙，讓小強對達海感激在心，現在達海與小強兩人成了很要好的朋友。達海的漢名叫「吳慶邦」，不過他還是比較喜歡別人叫他「達海」，因為「慶」這個字他認為實在太難寫了。

因為小強就住在學校旁的宿舍，達海下課後就常到小強家玩。小強教達海玩電腦、打電動玩具，達海教小強許多原住民的玩意兒。

星期五放學時，達海跟小強說：「明天放假到我家來玩吧！」

小強來山上已經快三個月了，除了學校就是宿舍，哪裡也沒去過，更沒有去過原住民同學的家中。聽了達海的邀請，馬上跟阿姨商量，打算到達海家看看。

「到人家家裡一定要有禮貌，不可以亂說話喔！」阿姨一再叮嚀。

達海的家並不是小強在網路上所看到的「板岩石屋」，而是跟平地一樣的二層樓水泥屋，除了有一些動物標本外，所有的設備與普通人家並沒什麼不同。唯一不同的該算是他家是個大家族吧，全家算一算竟有十多個人。

達海家的人都很和善，小強雖然不認識他們，但他們似乎都認識小強。

「當然囉，我聽達海講過，班上轉來一位功課很好的同學，應該就是你的啦！」達海的叔叔笑著說。

小強發現他叔叔竟然也叫達海，笑起來臉上佈滿了皺紋。

「你們為什麼取相同的名字，這樣不會搞混了嗎？」小強覺得很好奇。

達海的爸爸說：「我們布農族的小孩是請長老或族中有地位的長者來命名的，名字是家族地位的象徵。假如是生男孩，長子就取祖先中男系老大的名字；次子就取祖先中男系老二的名字，以下依次命名。同樣的，假如生女孩，長女就取祖先中母系老大的名字；次女就取祖先中母系老二的名字，以下依次命名。達海是排行第二，所以跟他叔叔同名啊。」

「可是這樣在一個家庭裡面就有很多相同的名字？」小強問。

「所以啦，除了名字以外，每個人還有自己的綽號，用來辨識相同名字的人。我們通常都是在名字下面，加上個人的配偶名、住址或是個人功績特性，來作為區別。」

小強了解了布農族的命名方式，覺得他們對自己的祖先是很尊敬的，而且把輩分的關係分得很詳細。

跟達海一家人聊天，小強覺得好有意思。

這時達海的姊姊端出了愛玉湯要請小強吃。

「小強你吃吃看，這可是我們這裡最好的愛玉。」

小強吃了一大口，果然和冰果店的愛玉不太一樣，特別Q特別有嚼勁。

「這種愛玉以前大都是野生，現在我們用栽種的，採收後的果實須先削皮，切一個小洞，然後整粒曝曬兩天，之後再把愛玉翻出來，曬一個星期後，還要將愛玉子剝下放在紗布裡，在水中以手搓揉漿汁，約十分鐘後，漿汁即會全部流出，然後放置十幾分鐘，漿汁即可凝固成愛玉。」達海的姊姊將眼前這碗淡黃色愛玉的由來，仔仔細細的介紹給小強聽。

「那愛玉原來長什麼樣子呢？」小強問。

「那，就像那樣。」達海的媽媽在一旁指著窗外一棵攀爬在樹上的愛玉藤給小強看。「從九月至翌年的二月是採收期，它的果實有點兒像是青芒果一樣。」

小強中午就留在達海家吃飯。桌上滿滿都是豐盛的菜餚。

達海的爸爸很高興的繼續說：「我們布農族以前吃飯是將飯鍋、菜桶直接放置在地上，全家坐在板凳或木條上圍著食用。如果家裡的人太多了，就輪流吃，小孩最後進食。吃飯不用盤子或碗筷，直接用木雕的湯匙挖著吃，聽老前輩說，如此的吃法，才會真的吃得飽。」

「那你們的食物有不一樣嗎？」小強問。

「我想居住在高山的人，幾乎都以番薯及芋頭、小米或玉米粉為主食。只有有錢人家才有米吃。配菜就是打獵打來的肉啊，或是到山裡摘的豆類、野菜及野果等。」

小強在很愉快的氣氛中，吃了這頓飯。他覺得跟達海一家人聊天比上網或看光碟片、打電動玩具有趣多了。

有了這次經驗，小強放假就想往達海家跑，還好他們一家人都很好客，每回小強來除了有好吃的東西外，也讓小強學了好多知識，這些都不是書本裡的死知識哪！

喜歡學習新事物的小強從達海的阿姨那裡嘗試了傳統手工編織；學會了用月桃葉編織墊蓆；也知道了祭祀或喜宴時喝的小米酒是先把小米放進挖空的樟樹木槽裡煮熟，經過冷卻後，混酵母粉加水，再加上搗碎的玉米和水，然後密封，經過二三天發酵後就完成了。

也了解了布農族服飾的設計除了好看以外，還能讓男人在狩獵或武戰的過程中，能夠以最靈巧敏捷的行動來應付各種突發的狀況。像上衣的前襟是無袖的兩片長褂，胸部敞開，而長度到達腹部的是背心，及膝的是長袍。頸間掛一個方形斜摺的胸袋，可以置放一些小物品在胸袋，例如菸葉、菸斗等。而征戰或出獵時則改放小匕首，在與敵人或獵物近身搏鬥時，胸袋內的小匕首即成了救命之物。

面對達海的家人，小強似乎有問不完的話題，而這群人也像是活字典，可以不斷的告訴小強有關布農族人的生活智慧，讓小強每一趟都收穫好多好多。

6 動物天堂

一、山豬

聖誕節的前一個假日，達海又約了小強一同去看山豬。

「我家有養山豬喔！」達海很得意的說。

「山豬！不就是野豬？如果養在家裡頭的，怎能算是野豬呢？」小強心裡有點怕，卻又很想去看看。他心裡總認為豬大多是又懶、又笨又髒，應該不會太兇猛吧。

下午達海和他哥哥帶著小強，來到村子後面的林子裡，看他們家裡所飼養的山豬。

「原來山豬是長這樣子的啊！」小強看著那龐大的身體，有著許多像掃帚一樣粗硬的毛，且嘴尖牙粗的，露出又黑又亮的眼神，讓人看了覺得可怕極了。

而一旁活蹦亂跳的小山豬可愛多了。橄欖球形的身體，胖嘟嘟的，配上土黃色和咖啡色的條紋，卻是可愛極了。

「我好想養一隻小山豬喔，牠們實在太肥頭肥腦了。」小強說。

達海抓了一隻小山豬遞給小強。

「你要不要抱一抱牠？」達海問。

「可以嗎？」小強好興奮的問著。

達海小心的、輕輕的走到一隻懶洋洋躺在地上的小山豬身旁，迅速的將牠抱起，便衝出豬舍。要小強趕緊跑。

後面的母山豬馬上發現自己的寶貝被偷了，憤怒的想衝出來，而且還不斷的發出叫聲。嚇得小強的腿都軟了，幾乎跑不動了。

三人不斷的跑，一直跑到斜坡上，才喘吁吁的倒在草地上。

達海手上還緊緊的抱住那隻小山豬。

達海將小山豬遞給了小強。小強一開始還不大敢摸牠，後來發現這隻山豬寶寶的毛很軟，並不像心裡所想的那麼硬。

「牠多大了？」小強問。

「應該有兩個星期了。」達海說。

「這麼小啊！才兩個星期。」小強想不到手上這隻山豬竟然是兩週前才剛到這世界來的。怪不得跑了這麼多的路了，牠還能悠哉悠哉的睡著。

「牠是公的還是母的啊？」小強好奇的問。

「雄山豬的鼻端和尖尖的獠牙都比母山豬的來得突出，而且顏色也比較漂亮，不像母山豬那樣烏漆麻黑的。」達海說。「所以我想牠應該是男生吧！」

「那牠長大後就會換毛的囉！」小強問。

「是啊！你不要看牠現在這麼乖，長大後可是力大無窮，敏捷過人。」

「那你們都餵牠吃什麼呢？」

「牠們什麼都吃啊，像蚯蚓、昆蟲啊、菜葉啊、幾乎葷素不忌。」

「那還真好養，對了，山豬也很會生嗎？是不是一下子也會生出一大窩小山豬啊！」

「山豬一胎可以生三至六隻，應該不算太多。」

達海的哥哥還告訴小強：「對原住民來說，真正的打獵高手，並不是獵黑熊，也不是獵雲豹，而是獵山豬。許多人更把獵山豬視為一項極高的挑戰，所以獵到山豬的人一定會把山豬牙拔下，用來做頭飾或胸飾，炫耀自己的威猛、是個勇敢的男人。」

下午才看過山豬，晚上在達海家就是吃山豬肉。小強想到下午抱著的那隻可愛小山豬，未來的命運也會是如此，心裡就覺得好難過，但吃到嘴裡嚐到山豬肉的美味，也就不覺得可惜了。

「這跟我以前在夜市吃的烤山豬肉不太一樣，比較好吃。」小強說。

「這還不算什麼，如果吃的是真正野生的山豬，牠因為在山區活動量大，肉質特別韌，所以就必須以溫火焢上三、四個小時，那時出爐的山豬肉，香噴噴的，那才真的叫人間美味啊！」達海說。

「你曾在山裡打過真正野外的山豬嗎？聽說很兇的。」小強問。

「我是沒有，但我哥就曾經打過。」達海說。

小強用崇拜的眼光看著達海的哥哥。

達海的哥哥回想著以前跟大人去獵山豬的情形。

「我們通常會先讓獵狗圍住山豬，然後用長長的鏢對準山豬猛刺，直到把牠刺斃命為止。」他一邊說一邊比著動作。「山豬最厲害的武器就是獠牙，長約十多公分，可挑穿人或狗的肚皮。」

「被挑穿了會怎樣？」小強聽了覺得好恐怖。

「當然會死掉啊！其實山豬通常是見人就逃的，除非是逼得牠無路可逃，或是被射擊受傷才會向人猛攻。在山裡，地面崎嶇不平，我們人是跑不贏山豬的，那就相當危險囉！」

「我以為你們現在所吃的山豬還都是從山野間打獵而來的呢！」小強說。

「現在山裡已經沒有那麼多的野生山豬可以獵捕了。要在山裡找到山豬的蹤跡，真的不容易了。」達海的哥哥說。

二、迷路

當學期結束，達海提議結業式後一起到溪邊玩玩。這個意見馬上獲得許多人的贊同。

「可是天氣這麼冷，到溪邊會不會危險啊？」小強很想跟著大家一同去玩，但想到自己不會游泳，難免有些猶豫。

「冷才好玩啊，而且現在冬天，茏濃溪不會有太多的水，不會危險的啦！」呼宋說。

「那到哪裡等你們好呢？」小強在大家的慫恿之下，還是參加了這次的活動。

下午，小強與伊布、呼宋、達海還有其他同學約在梅山青年活動中心前，準備好好的度過這個輕鬆的冬日午後。

小強一群人走過鮮紅色的吊橋，先到茏濃溪對岸，打算走一條小徑下山坡到溪邊。

一到對岸，這裡充滿了森林感覺，好像很久沒人來過了似的，景觀幽靜原始，小強覺得新奇卻又擔心。

「放心啦！這條路我們來過好幾百次了，不會迷路的啦！」

前面的路還好，到了後面幾乎根本看不到「路」的痕跡。大家同心協力折斷樹枝，穿梭在高高低低的樹叢中，勉強通行，有時身體不小心擦過斜躺的樹幹，還好有厚厚的冬衣，不至於受傷，還有不知名的有刺樹藤、芒草葉總會偷偷地溜進衣服、褲管裡，不經意的傷害人。

四處都有悄悄開了的小花，藏在幽幽的角落，在空氣中瀰漫著野草與樟木的清香味道，讓人聞起來十分舒服。達海帶領大家朝東南方的碎石乾溝往下走，後來坡度變大，大夥兒小心翼翼的扶著岩壁上的大藤蔓，一個接著一個的往溪谷走，約莫走了五分鐘，乾溝成為乾溪，小強走在中間，靠著同學們的幫忙，跟大家一同順利的到達充滿礫石的溪谷。

眼前一片廣大的河床，只有中間有細細的溪水流過去。平時從學校等高處往下看，不知道原來溪邊谷地是這麼大，抬頭看到學校與宿舍卻像小火柴盒般的被擺在山上。仰望更高的山，氣勢就更不凡了，像被大斧頭劈砍一樣的山脈，一直延伸到天空裡。滿山紅的、黃的枯枝樹葉，跟九月剛來時滿山蔥綠蒼翠完全不同，讓小強感受到山林的多變色彩。更遠處的山頭已經悄悄地換上了雪白的雪帽了。

沿途除了遠處有瀑布和流水聲外，就只有溪水奔流的聲音了。

出發時天氣還有點熱，現在到了溪邊反而覺得有點涼意。不過稍微活動一下，就不覺得冷了。

在山上只覺溪谷整體都很美，到了溪邊小強才發現這兒充滿了各式奇岩怪石，而且溪裡俯拾皆是自在悠遊的魚兒。

沿途山光水色，紅色吊橋懸掛在兩山之間，白雲圍繞著綿亙不絕的山脈，山在虛無縹緲間，就好像是山水國畫一般，美不勝收。遠眺對面青山翠谷之間，有一瀑布，現在只剩很細很細的一道銀白色流水，景觀不算壯觀，卻在陽光照射下閃爍著光芒。

大家在冰涼的溪裡玩水，玩了一下午。玩累了，就坐在溪邊的大石頭上休息。

阿丙說要回家，接著許多同學也跟著要回去了。小強還玩得不過癮，難得有機會出來玩，捨不得回家，便請求達海陪他多留一會兒，所以最後就只剩下小強、達海和伊布繼續留在溪邊玩。現在冬季枯水期，水質清澈透明，沒有污染，達海指著小強完全不認識的魚說：「這是馬口魚、那是鰍鮀，另一隻是爬岩鰍。」

小強整個人躺在河床旁的碎石子上，靜靜的仰望山谷中的那一片藍天。

「達海，我覺得你們好厲害喔！什麼都知道。」小強說。

「沒有啦！這些都是我爸爸教我的，因為很有趣，所以就記住了啊！」達海說。

三個人躺著輕鬆聊天，沒想到天色一下子變暗了。

「看來我們得找個地方過夜了！」伊布說。

「什麼，要在山裡過夜啊！」小強越來越感到憂心。

小強心想阿姨一定會擔心死了。山區裡沒有燈光，慌張不知所措的小強，緊張得走路都會跌倒。跌了這麼一跤的小強，此時從口袋中掉出了手機。

「對啦！我們可以打電話求救啊！」小強興奮的說。

還好靠著手機的聯絡，一直到晚上八點多，三個人才在村民的幫忙之下，順利的回到村子裡。

原本既擔心又生氣的阿姨，要狠狠的罵他一頓，但看到嚇得魂飛魄散的小強，也不忍心罵他了，只能安慰小強，凡事明天再說。

三、百步蛇

上回沒跟阿姨講清楚就偷偷跑到山谷裡去玩，差點迷路回不了家，害得全村的村民都一起幫忙找，小強覺得很丟臉。

「我們沒有布農族人的本領，你到山裡就回不來了。」阿姨很生氣的說。

阿姨不准小強再到山裡面去了。剛放寒假，小強發現就算不往山裡跑，宿舍附近就有很多好玩的東西。像青蛙會從溼溼的洞裡跳出來，肚皮上的花紋有紅色、有咖啡色，很漂亮，可以讓小強觀察一整個上午。

這天，小強突然在學校宿舍旁的空地上，發現了蛇窩。小強記得以前在台南永福國小發現的一隻才十幾公分的小蛇，當時勞駕消防隊的隊員來學校抓蛇，那天早上折騰了一個上午，最後是由一位原住民的消防隊員才抓住牠的。小強心裡一直認為原住民一定很會抓蛇吧！

小強連忙打電話找達海過來。

不一會兒，達海和他哥哥就到宿舍來了。達海看著那蛇窩，很有自信的模樣，用火點著了一把乾草，亮晃晃的火炬，直射到洞穴裡。就在這個時候，一條大蛇突然地竄逃出穴，嚇得小強後退了好幾步。達海的哥哥一個箭步上前，快速的拿了根樹枝將蛇頭壓住，隨即手腳俐落地把吐著分叉紅舌信的蛇丟進麻袋裡。

「這是什麼蛇啊？」小強問。

「這就是百步蛇啊！」達海回答。

達海的哥哥說：「現在蛇的數量越來越少了。其實蛇很少主動攻擊人，通常是有人不小心踩到、侵犯牠，基於防衛，牠們才會咬人，所以在宿舍裡還是不要有蛇比較安全。」

達海的哥哥是玉山國家公園的人員，對許多蛇類或其他動物的習性都非常清楚。

「那你們打算怎麼吃這條蛇？」小強好奇的問。

「我們把牠放生。」達海說。

「是啊！蛇類是高山鼠類的剋星，能抑制林木鼠害，所以讓一條蛇活命不只是不殺生的功德而已，還能造福整個生態系。」達海的哥哥又說：「我們布農族是不殺百步蛇的，更不會把牠殺來吃。」

「為什麼呢？」小強以為原住民什麼動物都吃。

於是達海的哥哥說了一個有關布農族與百步蛇的故事：

「很久很久以前，有一位婦女要幫先生做一件可以參加盛典的衣服，但她想了很久，還是不知道如何編織一件漂亮的衣服。這時，她剛好在郊外看到一條百步蛇，覺得牠身上的圖紋非常漂亮，於是便和百步蛇商量，最後借了小百步蛇回家參考圖紋編織，約定一週後還小蛇給蛇媽媽。果然她照著小蛇身上的圖案織出了最美麗的花樣。

「後來鄰居看見了都爭相模仿，也都紛紛向她借小蛇回去，要織美麗圖案。可是，就在大家搶小蛇的時候，不小心將小蛇摔在地上踩死了！婦人非常擔心，眼看七天的約定就要到期。婦人交不出小蛇，就要求百步蛇暫緩兩天。兩天之後，婦人還是交不出小蛇，百步蛇非常生氣，覺得布農族人不遵守約定。於是就埋伏在山路上，遇見布農族人就偷襲他們。起先族人知道自己理虧，不好意思去攻擊百步蛇，但是久了之後，族人也不堪其擾，於是布農族人開始反擊，主動去攻擊百步蛇，就這樣雙方成了敵人！日子一久，雙方都覺得有一點吃不消，於是約定和談，不再互相攻擊。

「從此以後，族人只要在山路上遇見百步蛇，只要跟百步蛇說：『百步蛇，朋友！』百步蛇便會自動讓開了。

「從此，百步蛇背部的圖紋成了布農族服飾的基本圖紋。布農族人不打殺百步蛇，認為如果殺了百步蛇會遭到報復，所以長年來都和百步蛇和平相處，百步蛇也成為布農族的圖形象徵。」

小強聽了哈哈大笑：「這怎麼可能嘛！」

小強專心聽著達海哥哥講故事，沒注意到阿姨也來到宿舍的花園裡。

她同樣被這個故事給吸引了。

聽到小強的笑聲，阿姨連忙制止他說：「任何民族都有自己的傳說，像我們漢族說自己是龍的後代也是很不合理啊！而且這樣的傳說也都是在教下一代尊重其他的生物吧！」

達海的哥哥說：「不管這故事是真是假，下次你可要小心不要被蛇咬了。」

「那萬一被蛇咬了怎麼辦？」小強又問。

「最好是立即送醫，在送醫院之前，你應該記住那隻蛇的特徵，還要將傷口較靠近心臟那一側綁緊，每小時鬆綁兩分鐘，注意血液流動。並且用口吸出毒液，或由兩側擠壓。最後再以茶葉、酒精、涼水擦拭傷口。當然啊，盡量不要在清晨或夜間在草叢、石堆處活動，就不容易被蛇咬了。」

「我哥可是急救專家，聽他的準沒錯。」達海說。

四、飛鼠與項鍊

小強看見達海家裡養了一條短毛、顏色為老鼠灰的狗，並不怎麼起眼。但達海卻說這隻威瑪獵犬不但忠心耿耿，且在他家三年了，建立了濃厚感情。

「小時候，人家都告訴我們獵犬是由台灣黑熊轉變而成的，所以我們布農族人對獵犬非常的愛護，並沒有把牠們當動物看待，而是當作家族成員之一。這隻獵狗已經跟我們一起出去打獵好多次了呢。」

「那你們什麼時候還會去打獵啊？我能不能跟去看看？」

「現在是冬天，一般動物都要休息，我們比較少在冬天打獵，除了打飛鼠。」

「明天我叔叔他們就要去打飛鼠，你可以跟我們去啊！」達海說。

來到這兒已經一學期了，寒假期間似乎有玩不完的有趣活動，像打獵就是其中一項。

好不容易等到天黑，小強跟著達海的哥哥、叔叔一起到學校後方的樹林裡，準備獵飛鼠。

「要去哪裡找飛鼠呢？」小強問。

達海的叔叔說：「飛鼠是夜行性動物，尾巴大而長，通常會棲息在中高海拔的森林間，身體全黑而面白，兩顆眼睛圓滾滾的，是我們原住民最主要的獵物之一。牠的食物包括針葉樹的毬果，或闊葉樹的果實、嫩芽、嫩葉等。所以只要在這些樹上，你就可以看到牠們了。」

不用走多遠，達海便指著前方樹叢裡的飛鼠，小聲的告訴小強這裡有一隻，那邊也有一隻。只是小強用力看了好久才發現一隻頭部前半面為純白色，眼睛四周為咖啡色，四肢和腹部為白色，長得像大老鼠的飛鼠。

這天入夜並沒有月光，倒是有很多的星光。四下一片空寂，大人們拿著燈往樹林裡四處照，突然被亮光照到的飛鼠，嚇得愣住了，眼睛閃閃發光的呆呆不動，一聲槍響，飛鼠就落地。

小強就像在看電影一般，看著他們將飛鼠一隻隻的打下來。但大約打了五隻飛鼠，他們就不打了，然後所有的人就坐在地上高興的一起聊天。

「飛鼠真的會飛嗎？」小強問。

「事實上飛鼠不會飛，牠們是藉著身體和四肢相連的皮褶，利用上升氣流來滑翔，在蹲伏時、滑翔用的皮膜收縮在腹側，就好像在飛一樣。」達海的哥哥還說：「飛鼠是原住民最常獵獲的動物，飛鼠終年在樹端飛騰不落地，沒有污染疑慮。」

「那你們為什麼打了五隻就不打了，是沒子彈了嗎？」

「不可太貪心，總要留一些讓牠們在大自然裡繼續繁殖啊！你說對不對！」

小強點點頭，覺得原住民們的想法實在很正確。

當大家圍個圈一起聊天時，達海的叔叔拿出了一條項鍊要給小強，這項鍊的材質為山豬牙，非常的漂亮。

「為什麼要給我這個東西呢？」小強問。

「項鍊在我們布農族有驅魔避邪的作用，可以保護你啊！」達海說。

達海的哥哥說：「是啊！布農族男人以山豬獠牙裝飾，不但具有美觀的作用，也是社會地位的象徵。每隻山豬都有一對獠牙，但只能留一隻獠牙做項鍊，一條獠牙項鍊代表捕獲了一隻山豬，所以佩戴的獠牙鍊愈多就代表獵到的獵物愈多。我希望你以後也可以成為一個勇敢的男孩。」

其他同行的族人，也不厭其詳的告訴小強：「我們布農族人以前住在深山峻嶺之中，為了生活常會受傷，所以祖先們會塗抹一種褐色小球莖的植物在傷口處用來止血，還向天神祈求平安。以後布農族人就將這種小球莖製成項鍊隨身配戴，並在口中念著『邪魔離去』之類的咒語，藉此驅邪保平安，所以項鍊也成了具有保佑的作用了。」

這晚，小強強烈感受到布農族朋友的熱情。

7 到山裡看熊去

一、阿姨的朋友

一轉眼寒假也快結束了，來山上的日子也快半年了。原本媽咪說要小強到山上讀半年書，下學期再帶他回城裡。可是，現在小強卻不那麼想回到都市了。他正計畫著如何安排這即將來臨的新的一年。

晚上與達海在房裡玩電動玩具和看故事書，隔著房門口就聽到阿姨像是與一個男人在講話。在這山裡，除了學校的人和原住民朋友外，是很少有訪客的。

小強偷偷躲在客廳後，看見裡面坐著一位高大、戴著卡其布帽的年輕人，一看他那斯文的外表就不像本地人。

小強心裡想，他可能就是阿姨的男朋友吧！小強和達海躲在門後，不禁偷偷的笑了。

「小強，躲在門後太沒禮貌了，出來問候客人啊！」阿姨說。

此時他們兩人才走到客廳，笑嘻嘻的跟客人打招呼。阿姨說俊欽是阿姨的大學同學，可是一位生物學博士呢。現在在一個動物保育單位作研究。

「俊欽叔叔！你怎麼會來這裡哪？」小強十分熱情的跟他打招呼。

「我來作有關『台灣黑熊』的研究。」俊欽說。

「那可真是辛苦啦！」阿姨說。

「你一個人帶個小孩在山上生活也很辛苦呀！」俊欽說。

「這是我姊姊的小孩啦！」阿姨趕緊解釋。

俊欽只好笑著掩飾自己的尷尬。

那晚小強和達海就與那位名叫俊欽的年輕人在客廳的椅子上聊了

起來。小強覺得這位叔叔好厲害，不但懂得多，經驗也多，是個很有趣的人。

當俊欽叔叔在整理物品時，小強偷偷的看了他所帶來的行李，除了一個手提電腦外，大大小小的包包與配件有好幾個。

「俊欽叔叔這本子是做什麼的？」小強看到在地上有一本很特別，像是用了很久、很舊的簿子。

「這可是我的百寶箱哪！」

俊欽叔叔將筆記本翻開給小強看，裡面記滿了資料，有的還作了記號。

「你看，像這一頁所寫的，就是到山裡要準備的東西，像是：手套、電池、盥洗用具、登山地圖、資料、換洗衣物、打火機、雨衣、哨子、瑞士刀、登山鞋、拖鞋、襪子、隨身證件、水壺、睡袋睡墊、個人筆記本、筆、帳棚、指北針、衛生紙、水袋、小型收音機、登山繩、無線電、手機及電池、藥包（急救包）。」俊欽叔叔還說：「有萬全的準備才能安全的入山。」

「你怎麼知道要帶這些東西呢？」小強問。

「靠經驗的累積囉！」

小強告訴俊欽叔叔，上回就是因為什麼東西都沒帶，差點就得在溪谷旁過夜。那次經驗真的把小強給嚇死了。

「趁這個寒假過年前，要到山裡作一些調查和紀錄。」俊欽叔叔說。「國家公園與一般城市裡的公園可有天大的不同。」

「可是，我看除了很大很大以外，不知道有什麼不一樣啊！」

「在玉山國家公園裡，你所看到

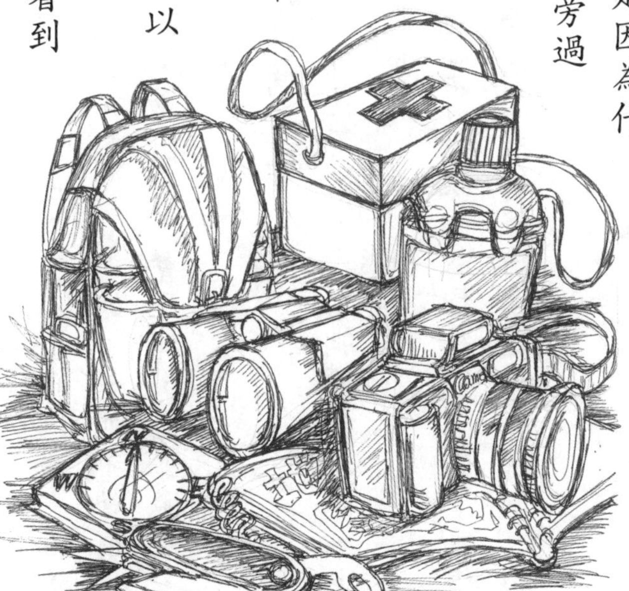

的不像城市裡只有老鼠和麻雀。在這裡台灣所有分布於低、中、高海拔的動物幾乎都有。剛成為國家公園時，動物資源的資料並不豐富，現在才慢慢齊全了。可是動物是活的，會出生、會死掉，也會搬家，所以我們得要固定時間到山裡觀察研究。」

「那你明天要到山裡去嗎？」小強問。

「不，明天我要先去找『都姆』，有他幫忙，我才能順利工作。小強，你要跟我一起去嗎？」俊欽叔叔說。

小強當然想跟著一起去，只是他覺得俊欽叔叔已經很厲害了，但叔叔說自己還是沒辦法順利的找到台灣黑熊的蹤跡，這得靠一個人的幫忙。

「難道還有比你更厲害的專家嗎？也是一位博士嗎？」小強問。

「不，他雖然不是博士，但絕對比我們研究院裡的任何一位博士都還要厲害。他就是都姆，我們一定得請他帶領我們，才能穿過那片可怕的森林。」俊欽叔叔說。

「怎會有這樣的人？他願意帶我們嗎？」

「不知道囉，剛剛我去拜訪他的時候，他並不在家。明天再去找他看看。」

「都姆」究竟會是個什麼樣的厲害人物哪，有這麼大本領？小強心裡不斷的猜測著。

二、拜訪長老

第二天一大早，小強便跟著俊欽叔叔來到一處原住民的家中。不久出來了一位五十多歲的男人，看起來精明幹練，體格非常的強壯，黝黑的臉流露和善。鬢角發白，頭髮鬍子都是稀稀疏疏的，笑起來可以看到牙齒有點黃，也不整齊。

他看見小強兩人的到來，笑咯咯的出來歡迎說：「米呼米桑。」俊欽叔叔說他就是「都姆」。

原來「都姆」就是長老的意思，也就是布農族裡有身分地位的老人家。怪不得對山裡的一切都非常的了解。

小強看看這都姆，心想他真的這麼厲害嗎？他比自己高不到哪兒去。

「都姆就是你們族裡的總統嗎？」小強問。

都姆笑著說：「地位沒那麼大啦！」

俊欽叔叔接著便拿起一些記事本，和都姆正經的談論著到山裡觀察台灣黑熊的計畫。

小強便一個人四處的看看，看都姆家裡充滿了布農族風味的許多物品。

當俊欽叔叔和都姆談好了事情，小強便急著問說：「你就是族裡的大頭目囉！」小強想到電影裡印地安酋長威風八面的模樣。

都姆笑著說：「我們布農族跟別的原住民部落不同，我們沒有頭目制度。是以家族長老為首，由各家族長老聯合，當族裡有什麼重大的事要決定時，大家就聚在一起共同討論與解決。沒有什麼人是特別不一樣或特別偉大的。」

小強好奇的問：「怎樣才能當長老？」

「很簡單啊，凡年滿四、五十歲以上的人，就可以進入老人班，當長老代表他的家族參加部落會議，決議族裡的事。至於部落的領袖有時候是世襲的，或由家族長老中以『推舉』的方式選任。」

俊欽叔叔說：

「布農族人是相當敬老尊賢的父系社會，大家長擁有無上的權力呢。」

都姆的兒子——

吳先生，此時也過來坐在

客廳跟大家一起聊天。他是一位大約二、三十歲的年輕人，戴副眼鏡，看來跟都姆是完全不同類型的人。

俊欽叔叔說：「吳先生可是研究布農族歷史的專家喔！」

都姆的兒子說：「我們布農族的社會組織沒有頭目，而是以家族長老為首，社會運作大體上是以家族為一個完整單位，由各家族長老聯合主持部落事務。所以家族長老是事務的決策者，他們除了領導族人的狩獵行動外，還負責對外的協調、決定祭儀舉行的日期，地位很崇高。因此，布農族社會中沒有頭目等上位者來統治，而是透過多人協調來達成共識，共同來維護族群的安寧穩定。」

有關長老的由來與歷史，小強沒有很大的興趣，但他對掛在牆上的那件鹿皮背心及鹿皮披肩卻感到十分好奇。

「這是真的鹿皮嗎？」小強問。

「當然是真的囉！但也有人用山羊皮為主要材料。」都姆很自豪的說：「這是我們以前打獵時所穿的衣服。」

「這麼一大件得用多少隻鹿啊！」

「一件衣服大概只需要兩、三件鹿皮吧！」

都姆接著說：「披肩是可以用來禦寒擋風的裝備，同時也可以當做參加重要儀式時的穿著呢！背心是帶毛之鹿皮縫製而成的，背部是一整塊，前襟兩塊，胸部敞開，自頸間掛一個方形斜摺的胸袋，可以用來放置小物品，如菸袋、菸葉、菸管等。分豬肉時也可以把豬肉放置在胸袋裡。」

「那怎麼會有紅色的衣服呢？」小強不敢再提到吳鳳的故事，怕像上次在班上又引起誤會。

都姆的兒子接著說：「紅衣並非每個人都能穿，只有獵過人頭、山豬、水鹿的英雄才可以穿，因為穿紅衣是英勇的象徵。」

「那都姆你有嗎？」小強問。

「當然有囉！」都姆很自信的說。

「都姆可是布農族裡的大英雄呢！」俊欽叔叔笑著說：「應該沒

有人比他厲害了吧。」

聽了俊欽叔叔的稱讚，都姆高興得又拿出了好多漂亮的東西給小強看，像用木片、珠子穿成的頭飾、頸飾、頸帶，還有用貝珠或燒珠穿綴而成的各種鍊子，還有珠鐲及銅做的手鐲。

「這些東西可都能賣很多錢呢！」都姆說。

「既然這些東西可以賣錢、賺錢，那你們為什麼不多打一些獵物來賺更多的錢呢？」小強問。

都姆的兒子沒有回答，只告訴小強一個故事：「從前有個漢人到我們村裡收購獸皮和獸骨，商人慫恿族人：『我大老遠來買獸皮和獸骨，收購的數量少，對我來說是不划算的。所以下次狩獵多一點，我上山來收才合算。』然而族人很嚴肅的回答：『我們如果一次打光，山裡的動物絕種了，從此子孫就沒有食物吃了。』」

「所以不可以對動物趕盡殺絕。」小強似乎懂了。

「不只是動物，植物也一樣啊！」俊欽叔叔跟著說。

這回小強真是大開眼界，這些東西實在都很漂亮，但因為這些美麗的物品都是都姆的珍貴寶物，所以小強也不好意思跟他要。

都姆看得出小強的心意，便拿了串珠子給小強。

「這真的是要給我的嗎？」小強很高興的接受了。「這是什麼東西做的啊？」

「骨頭啊！」

小強一聽，嚇得不敢拿。

「你別緊張，是鹿的骨頭，不是人的骨頭啦！」都姆笑著說。

所有的人也都被小強的舉動給逗笑了。

三、山中生活

俊欽叔叔告訴小強說：「玉山國家公園是台灣最大最美麗最高的國家公園，有許多布農族的同事作為巡山人員，他們必須對園區山區環境十分了解才能維護登山安全和清潔環境。我的很多調查報告，多虧了他們的幫忙協助，才能夠順利完成。」

「那我們明天真的要去獵熊嗎？」小強興奮的問著。

「不是去獵熊，是去紀錄台灣黑熊的生態。」

「那，牠會不會咬人啊？」

「這可就很難說囉！」俊欽叔叔說。「誰說你可以跟著去啦！你阿姨答應了嗎？」

阿姨本來是不贊成小強再度到山裡，怕又像上一次一樣迷路或發生意外，但禁不住小強的苦苦哀求，及俊欽再三保證並不會危險，才勉強答應。

小強一聽，興奮得整晚睡不著，明天要去尋找台灣黑熊。他從來沒想過真的可以在野外看到黑熊，他一直認為那是只有在卡通影片中才會出現的情節。晚上從窗外望去，這裡的星星很多，夢中的小強與一群小熊玩在一塊。

第二天，小強把自己的一個背包拿上了吉普車。俊欽叔叔問小強：「你帶了些什麼東西呢？」

小強打開背包，裡面全是些餅乾糖果等零食。另外還帶了個戶外用的原子爐。

俊欽叔叔說：「我們是到山區裡，所攜帶的糧食與平時所食用的糧食大有不同，要以量輕、可久放、熱量高為主要考量。量輕質小攜帶方便，易於炊煮的食物可節省燃料。可多準備熱量高、鹽分多之食物。你攜帶糖果及餅乾是很好，可沿途補充鹽份及熱能，以備不時之需。但洋芋片容易潮濕，可能不太適合。」

「那叔叔你帶了些什麼？」小強很好奇想看看專家都帶些什麼東西。

「就是上回你在筆記本裡看到的那些啊！」俊欽叔叔打開背包給小強看。

「你不帶換洗的衣服和漱口杯嗎？」小強問。

「現在是冬天，山上很冷，也許還會結霜，能保暖比較重要，換洗就不必了。要刷牙洗臉到溪邊用手就可以了，漱口杯就免了吧！我們是去山裡做觀察研究，又不是去度假，能簡便的就儘量簡便些。」俊欽說。

「你還不是帶了巧克力和酸梅、辣蘿蔔乾。叔叔你也很愛吃零食哦！」小強眼尖，看到俊欽叔叔的背包裡竟然也有這些東西。

「巧克力是用來補充熱量，酸梅、辣蘿蔔乾這些具有酸味或辣味的食物，可增進食慾，到時候多吃點食物才會有體力爬山啊！」

「爬山？我們不是要坐你的吉普車去嗎？為什麼要用爬的啊？」小強問。

「到時候你就知道了！趕快上車吧！」

小強坐上俊欽叔叔的吉普車，先到都姆家載他們父子兩人，在路上遇到達海和他哥哥，也想一起同行。

「也好，人多也比較安全，好辦事。」俊欽叔叔說。

一車子坐了小強、都姆父子、達海兄弟以及司機俊欽叔叔共六人，便浩浩蕩蕩的往更深更高的山裡出發了。

一路上都有紅毛杜鵑，可惜開得不多。都姆說到了三月以後，滿山都有紫紅或粉紅色的花，非常漂亮。到了六月還會有山百合，白色喇叭狀，外帶暗紫色條紋的花，都是很美麗的花。

不知過了多久，吉普車開了好長一段路後，俊欽叔叔把車開離南橫公路，離開了柏油路與平坦的黃泥，變成碎石子路，車子底盤不斷地撞擊地面凹凸不平的岩石，顛得大家都頭暈目眩，繼續往前走，林道一直往下，繞過幾座山頭到盡頭，路越來越小，車子進不去，只好轉到一處山壁前的小小空

地，把他的吉普車給停了下來，大家被迫用走的。

「接下來大家都得用走的囉！」俊欽叔叔說。

「小強你能走嗎？」達海問。

其實小強比較喜歡用走的，坐在吉普車上顛得厲害，倒不如用走的還舒服一些。

高聳入天的巨大樹木、潮濕的草叢展現在眼前，除了一開始有些下坡路要走外，往內走狀況還不錯，空氣十分清爽，讓人走起來感到很舒服。

「走步道要小心，千萬不要抄捷徑，最好是走上面有著走過痕跡的路，或是走裸露的岩塊。」俊欽叔叔提醒著小強。

大夥兒一路上有說有笑的繼續往下走，林道一直彎來彎去，繞過了幾座山頭，不知走了多久，有路走到無路，無路又走到另一條小路來。

差不多下午三、四點時，都姆便選擇了一處溪谷旁的平台，準備在這兒紮營休息。

「現在還早啊，怎麼不走了？」小強雖然已經走得腳很痠了，但看看天色還亮，不知為何要休息了。

「冬天山區天色暗得很快，再過兩個小時，就會黑得看不到路，那可就危險了，所以要早點作準備囉！」都姆說。

小強看看這兒，地上是大大小小的卵石，大約五十公尺前便是清澈的溪水，溪水很乾淨，可以清楚的看見溪底的石頭。

俊欽叔叔帶了個很方便的多用途摺疊伸縮尼龍帳棚，只要一手將頂端往上推，另一手將拉環往下拉，撐住帳棚，一攤就全開了，而且還是防水的，十分好用。

都姆還用竹子及附近撿來的枯樹枝搭了個棚子，四周用塑膠布圍了起來，上面是空的可以在裡面生火、休息。

當所有的人安定下來後，都姆就把營區的火點燃。

雖然生了火，但因為空氣對流，所以不會覺得嗆，在寒冷的山裡讓人感到特別的舒服。火堆兩邊各用筆筒樹的樹幹圍成床，鋪上軍毯

就能睡啦！而且火堆上面用鐵絲吊了幾個裝有水的鐵鍋，隨時都在加熱。

最外面的樹幹上則插了他們的山刀，地上也堆滿了大家同心協力撿來的木柴。

佈置好這麼一個舒適的野地營區，只花了大家不到半個鐘頭的時間。小強可說是沒幫上什麼忙，他只能佩服其他人的能力。

四、大自然裡的晚餐

接下來，準備晚餐則是今天最重要的一件事了。小強肚子有些餓了，不，應該說是非常飢餓了，但卻不好意思說出來。

看大家都忙著，自己卻不知道做些什麼好，小強只好說：「那，我去提水來好了。」

「到溪邊取水時，不要自己一個人去！這樣比較安全。」達海的哥哥說：「達海你和小強一起去提些水過來好了。」

冬天的溪水非常冰冷，甚至可以說是「凍」的感覺。小強與達海兩人來來回回提了五、六趟的水，把小強累壞了。

「該帶的都帶來了吧！」都姆問俊欽。

「嗯！」

小強記得俊欽叔叔的背包裡除了一包鹽、一卷鐵絲外，能吃的食物只有一袋白米、幾包泡麵和一寶特瓶的沙拉油。他可能忘了帶鍋子吧，也忘了把原子爐給帶來。小強真不知道他們如何變出晚餐來。

大家忙著撿來一堆枯樹枝給達海的哥哥升火。

「小強，你這樹枝在哪撿的？」達海的哥哥問。

「溪邊啊！」

「怪不得是濕的，濕的是無法用來生火的啦！」

「對不起！」小強覺得很不好意思，自己好像只會幫倒忙。

達海的哥哥很厲害，就只用一根竹管將火給吹起來了。當火升起來時，整個營區就溫暖起來了。

「小強，麻煩你把還沒用到的鋼杯啊、空罐子什麼的，全用掛鉤掛在外頭那條童軍繩上。」都姆說。

小強照著做，卻不知道用意何在。

「因為這樣風一吹便發會出一些聲響，告訴山林裡的熊或其他動物說有人類要來了，這叫『打草驚蛇之計』！這樣就可以避免危險了。」

趁著夜還沒降臨，都姆帶著小強與達海到附近的樹林裡採野菜，他先教小強一些採野菜的技巧，比如說：太陽光下的野菜因發育快，也必然老得快，採集時只能摘取嫩芽部位，否則會很硬，不好吃。

「你看，像那種山蘇就是可以吃的野菜。」都姆說。

記得以前曾經跟媽咪在山產店裡吃過山蘇，沒想到自己竟然有機會親自來採摘。

「那要摘哪一部分呢？」

「最好是摘取其卷曲的嫩芽部分或中心新葉，那兒質地較嫩，也比較香脆可口。」都姆還說：「山蘇可是昆蟲不吃的植物吶！」

小強與達海就依照都姆所說，爬到山崖旁的大樹上去摘野生山蘇的嫩葉。

不一會兒，三個人總共採了五大塑膠袋的野菜回來，其中一大袋就是山蘇。

「這麼多的山蘇，若在餐廳裡吃得花不少錢呢！」都姆說。

「摘這麼多，我們哪吃得完啊！」小強問。

「並不是摘回來的都可以吃，我們還得挑選一下呢。」都姆說。

只見都姆把小強所採的葉子都給丟掉，看來小強所摘的大多是不合格的。最後小強與達海把都姆挑選好的野菜葉子全拿到溪邊洗乾淨。

「除了好不好吃外，有沒有毒才是最重要的。但是有毒植物的外表跟一般野菜並沒有什麼不同。」都姆說。

「那要怎麼分辨哪？學校又沒教。」小強很擔心吃到有毒的東西。

「也沒有絕對正確的方法可辨別，我大概都是靠一些以前累積的經驗吧！」都姆說。

「那快點教我啊！」小強急著想知道。

「我們先忙別的吧！待會兒把所有的事都忙完了，再好好跟你們聊。」

都姆看陽光已不那麼明亮了，趕緊要抓些魚回來。

一下子的時間，都姆不知從哪裡找來了幾根竹子，用他隨身攜帶的瑞士山刀削一削綁上線變成釣竿，還削了一枝山棕的葉柄就釣起魚來了。同樣不需幾分鐘，他就提了六條魚來，交給了吳先生。

「你好厲害喔！不到十分鐘就釣到六條魚。」小強歡呼的說。

「還不只六條呢！剛剛有好多不到十公分的小苦花魚，我全都放回溪裡去了。」

「是啊！太小的魚也沒什麼肉可以吃，倒不如把牠們放回去。」

吳先生完全不忙著去魚鱗，直接將一條條的魚彎曲的插在樹枝上，抹上鹽烤起來了。

差不多十幾分鐘，就聞到香噴噴的烤魚香了。

到現在晚餐差不多準備好了：主菜是野菜泡麵和竹筒飯。

副菜有鹽烤苦花魚、炒山蘇，還有一種叫huun的菇，味道極好，是布農族人都非常喜歡的一種食物。小強吃過後也覺得好吃。而湯則是用一種綠色帶點暗紫色的「龍葵」的嫩莖葉煮成的。這種葉子小強也是第一次見到，很特別的鋸齒狀。都姆說龍葵這野菜可是種好東西啊！除了可以吃

外還具有解毒的功效，把新鮮的莖葉搗碎，還可以拿來當外敷消腫的草藥呢。

小強只能用「這真是太神奇了」來形容，從紮營到吃晚餐，從無到有，前後不用一個半小時。

這時太陽被山谷兩邊的樹林遮住後，天色很快就暗了，現在大家可以輕輕鬆鬆的坐下來，慢慢享用豐盛的晚餐與愉快的聊天了。

五、月光下的教室

吃過飯後，俊欽叔叔不忘提醒小強，要將垃圾帶下山，把自然還給自然；廢水及食物殘渣最好挖一小坑掩埋。其實這頓晚餐包含所用的餐具，幾乎都是取材自大自然，所以也就沒什麼垃圾被製造了，唯一得帶回去的是那幾個塑膠袋，若留在山谷，會造成自然的破壞。

吃飽喝足後，大家全圍在火邊取暖。

「小強，你看現在溫度只有攝氏一度耶！」俊欽叔叔指著背包上的小溫度計說。

「這哪算冷，更高的山頂還會下雪，都是零度以下的。」達海說。

「對了，都姆，你剛剛不是說要教我如何分辨有毒的野菜嗎？」小強還不忘剛剛與都姆的約定。

「其實也沒什麼一定的標準啦，最簡單的就是：野鼠、鳥類或其他動物吃過的野蔬野果，通常我們也可以採食；要是長年保持完好的植物，最好不要摘食，因為很可能牛羊老早就知道它們是不好惹的，吃了準沒好下場。」

話題提到了野菜，一下子大家都像是經驗豐富般的，紛紛提出自己的看法。

吳先生說：「通常我會先採一小片葉子放在舌尖，若有麻辣或強烈的辛辣味或嗆鼻味的，最好不要吃它。還有，有乳汁的植物除了像桑椹外，很多種類都或多或少具有毒性，在確認之前，不要隨便採食。」

俊欽叔叔也說：「很多人有一個錯誤的觀念，以為野生菇類或像夾竹桃及雞母珠，這些有毒的植物，必然顏色豔麗，黑色或顏色單調的就一定沒問題，事實並非如此。所以對於不了解、不認識的野菜還是千萬別吃它。」

大家都發表了一些意見，讓小強像是上了一堂月光下的自然課。

「可是有些野菜又粗又硬，要怎樣才好吃呢？」小強繼續問。

「這我可是專家了。」達海的哥哥說：「野菜採回，可以在鍋中將水煮沸，投入少許鹽巴，將野菜中較硬的部分放入，再投進較嫩的部分，等鍋中的水再度沸騰時，將全部野菜撈起。立刻放入冷水中，再撈起瀝乾，切段加香料、調味等，就可以吃了。不然也可以用鹽漬法，在底部平均地撒上一層鹽，然後鋪上一層野菜，再放上一層鹽，如此反覆鋪放，最後在上頭放一塊石頭就可以了。」

「好啦！說得那麼多，小強也記不住。今晚月色這麼美，倒不如大家一起來唱歌吧！」都姆提議說。

六、天籟之音

都姆才說完，便從口袋中拿出一個「拉繩口簧」。

「哇！這是什麼東西啊，好特別喔！」小強又充滿了好奇心。

都姆將手中的樂器拿給小強看，只見有片金屬片及拉繩，小強實在不懂如何將它吹出聲音來。

都姆便示範了一下，緩緩的吹奏出聲音來，雖然有點單調，但長長的音色在這大自然裡聽起來格外舒服。

「這是我們布農族祖先發明的樂器，可以一個人獨奏，也可以大家一起合奏。每次吹這東西時，我就會想到小時候的事。」都姆說。

都姆的兒子吳先生也說：「口簧琴可以用藤、竹或木頭編織剞製而成，布農族人在演奏口簧時，通常都是比較緩慢，會產生布農族人特有的泛音現象。」

「什麼是『泛音現象』啊？」小強還是聽不懂。

吳先生一時也不知道如何解釋給小強聽，「不如我唱給你聽好了。」

吳先生用布農族語唱了一首〈揹獵物回家之歌〉的山歌，才開口兩小段，小強就被他那渾厚的嗓音給陶醉了。接著除了俊欽叔叔以外的三個人也都加入歌唱的行列。

在月色中，在熊熊的營火前，聆聽著這美妙的聲音，加上一旁潺潺的流水聲，小強真的好感動，感覺就好像與大自然融為一體了。

後來他們又唱了好幾首歌，聽得小強都捨不得睡覺了。吳先生解釋說，以前布農族人在狩獵時或揹重物爬山時，常常會用呼喊的方式將高音集中在頭腔上唱，族人相信以這種方法前後輪唱可以減輕負重的感覺，也可以用美妙的和聲來娛悅天神。

俊欽叔叔說：「布農族的八部和音還曾經在國際上大放異彩，深受民族音樂學界之重視。我記得曾有新聞報導說，布農族的『祈禱小米豐收歌』以多聲部和音唱法，從低音漸漸到高音，一直唱到最高音域，這可是非常高難度的呢。」

唱著唱著大家也都累了，差不多九點多，都姆要大家趕緊去睡覺，明天才有精神與體力繼續尋找熊的蹤跡。

小強睡覺前在營地附近到處逛逛，竟然看到一種會發光的螢光蕈在黑暗中發光，原本被嚇了一大跳，後來覺得沒什麼，反而感到新奇。不久他還發現一條非常大的蛇，但他想到達海的哥哥曾說：一般來說，蛇是不會主動攻擊人類的。所以小強就靜靜的從蛇的身邊走過，不打擾牠舒適的睡覺時間，當然蛇也不去理會小強囉！

小強只是遠遠的看牠，看牠身上美麗的花紋，閃耀在銀色的月光下。他心裡終於明白，為什麼布農族族人那麼喜歡蛇的花紋。原來蛇紋是這麼的漂亮。

雖然今天忙了一整天，什麼也沒瞧見，但小強還是覺得很興奮，很有收穫。

七、發現熊大便

第二天清晨，天氣依然很冷，等小強起床時，大人們已將營區拆得差不多了。

早餐吃的是熱騰騰的野菜稀飯，配罐頭。

收拾好行李，就準備再出發了。

今天大家繼續沿著溪畔，溯行而上，越往上游，茬濃溪裡的石頭也就越奇怪也越大。沿途處處怪石嶙峋，但風光優美。雖在溪谷中，卻也不太好走，有時還得攀爬過一些巨大的岩石，或小心的跳躍過幾處激流。大家走了約一個小時後，映入眼簾的是一處瀑布，底下是平靜寬廣的水潭，水面波光粼粼，陽光灑落在深綠色的潭面上，閃耀著燦爛光芒。兩側則是岩壁陡峭，禁不住讚嘆造物者的鬼斧神工，雕塑出這麼壯觀的景象，瀑布的水不多，水流也並不湍急。不過，看來像是無路可走了。

「接下來沒路可走了啊！」小強緊張的說：「我們是不是走錯地方了。」

「沒錯，接下來我們要爬上這座瀑布，上面就是熊群們最喜歡居住的家了。」都姆說。

「那就是說，只要爬上去就可以看到熊了嗎？」小強問。

「那倒是不一定。」

「可是我們怎麼上去啊？」小強擔心的說。

「你們跟我走，小心點就是了。」

都姆拿出一把山刀砍樹、折樹枝，在瀑布旁的斜坡上幫大家開出一條路來。雖然如此，大夥還是得在樹叢裡鑽進鑽出的，有時還學蜘蛛人一樣抓住岩石，一步一步慢慢的往上爬，十分辛苦。

小強想到出發前俊欽叔叔說，「爬山」很辛苦。果然，像這樣整個人幾乎都貼在山壁上的「爬」山方式，實在很累啊！

單單爬這大約五層樓高的山坡，就讓大家折騰了快兩個小時，到坡上時，已過了中午。此時大家雖然肚子有些餓了，卻都沒有力氣煮午餐了。俊欽叔叔拿出巧克力和礦泉水發給大家，當作是今天的午餐了。

大家吃完後，各自找了塊乾淨的大岩石，躺下來好好休息一番，儲備下午所需的體力。

小強找了棵大樹前的岩石，躺了下來，背後剛好可以用樹幹當椅背。中午的陽光從針葉林中大把大把的灑下，有些刺眼，卻是十分的溫暖舒適。

山野四周空氣非常的清爽，這種感覺比空氣清淨機還要舒爽。近處有流水聲，遠處則有高山鳥類清脆的叫聲，讓小強有一種來到天堂的感受。

小強躺著都快睡著了，忽然一轉身，便大叫了起來。嚇得其他同伴趕緊過來看看發生了什麼事。

小強見大家驚慌的模樣才不好意思的說：「對不起，沒什麼啦！

我只是差一點躺到地上的那一坨大便。」

大家此時才鬆了一口氣。

可是都姆卻很仔細的看了小強所指的那坨動物排泄物。此時他也像小強一樣大叫了起來：「這是熊的排泄物啊！」

俊欽叔叔一聽，馬上過來仔細觀察。

「沒錯，這真的是熊大便，而且好像是早上才產出的。」俊欽叔叔根據這排泄物的濕度來判斷。

「那，你的意思是說，早上有台灣黑熊走過這裡囉！」達海說。

「應該是這樣沒錯。」

大家都非常的高興，運氣竟然這麼好，看到熊大便就表示有可能可以看到熊本尊了。

八、等待與熊見面

這裡真的可以見到台灣黑熊嗎？小強感到非常興奮，雖然曾經在動物園裡見過熊，但如果在野外遇見牠，一定是更奇妙的經驗吧！

既然發現熊的蹤跡了，都姆決定不再往前走，就在這裡等熊來。不過這裡不像昨晚的溪谷，有很遼闊的平地可以搭個舒適齊全的營區，今天只能弄個簡便的住宿地了。

倒是都姆今晚顯得比較謹慎，也嚴肅些。

「無論如何，還是安全最重要。」都姆說。

都姆要求晚上帳棚前一定要升火，而且還要排班輪流守夜，不要讓火給熄了，因為野生動物看到有火光或有煙味就會走避的。

晚餐也是隨便吃一吃，草草了事，因為大家都怕錯過了遇見熊來造訪的機會。

大家各自點了火把拿在手上，同樣圍在帳棚旁，一起談有關熊的事情。

「黑熊到底有多大啊？」小強記得在動物園裡所看到的熊比一個人還要大些。

「牠們體重大約有六十到一百八十公斤，生氣要戰鬥時，會站立起來，以掌爪揮擊敵人。牠們常會出現在森林裡有水草的地區，所以這裡會有熊出沒是很自然的。」俊欽叔叔說。

「現在不是黑熊冬眠的時間嗎？」小強覺得很奇怪，書本上或卡通裡不是都說熊要冬眠嗎？牠們不是都躲在山洞裡一直睡覺，不吃不喝，一直到春天來臨時才出來嗎？

「其實，住在台灣的台灣黑熊並沒有冬眠的現象，冬季反而是牠們的交配季節。」俊欽叔叔說。

「那，牠們會吃人嗎？」小強問。

俊欽叔叔繼續說：「黑熊似乎不大怕人，牠們若是遇到了人，多半是會避開的，除非是受傷或正在吃東西，或是要保護小熊的熊媽媽，才會比較兇猛，否則基本上牠們不會主動攻擊人。其實，台灣黑熊是個貪睡的獨立者，一般行蹤並不固定，沒有固定的休息地點，常是走到哪兒，睡到哪兒。牠們選擇休息的地方則有樹洞、石壁下或岩洞內，有時也會在地面將樹枝及草壓折成舒適的窩，再不就爬到樹上休息。只要你不惹牠，牠也懶得理你！」

「不過，黑熊一般也吃猴子，所以當牠真的生氣或肚子很餓時，把你當猴子抓起來吃，就完蛋了，所以牠們還算是相當危險的動物。」達海的哥哥說：「以前我就曾聽過黑熊吃人的事情。」

聽了他的說明，小強不免害怕起來。

「台灣山區裡會有很多黑熊嗎？」達海問。

「台灣黑熊本來能自由自在的優遊在山林水澤間，但是由於人類的大量遷入，嚴重破壞了自然生態環境，牠們大都棲居在海拔一千五百公尺至兩千五百公尺間的山區，目前只有在台灣中央山脈隱祕環境及生物相良好的山區，才有機會見到台灣黑熊的蹤跡，數量並不多。」俊欽叔叔說。

「萬一遇到了怎麼辦呢？」

「萬一遇到黑熊時，要儘量保持冷靜，因此，不要任意去挑逗

牠，千萬別激怒牠。裝死或爬到樹上，也都是很危險的。」都姆說。

「台灣黑熊是雜食性動物，什麼都吃，以植物葉片、地下莖、果實、蜂巢或腐肉為主，連死屍腐肉也吃啊，所以想要裝死的行為是逃不過牠的攻擊的。黑熊嗅覺相當靈敏，通常聞到人類接近，大都會自行走避。而爬樹更是台灣黑熊的拿手絕活，如果有人想藉爬樹逃命，恐怕會適得其反。」俊欽叔叔說。

「晚上牠們會來嗎？」小強又問。

「不一定啊，不過在白天和晚上交替的時候是牠們活動性最強的時刻，所以那個時候要見到牠們的機會也會比較多。」都姆說：「我看這兩天大家也都累了，今晚不要聊天了，明天早點起來，也許就可以遇到台灣黑熊了。」

「大家睡覺前一定要再檢查一下食物殘渣或空罐頭等有沒有亂丟，這些東西會吸引黑熊前來覓食。雖然大家很想見到台灣黑熊，但也不希望牠在我們熟睡的時候來吧！」

都姆就像是這個團隊的班長，大家都很服從他的指揮。因為大家都知道，只有他能對這一大片山林了如指掌，也就只有他能安全的帶大家進出這片山林。怪不得俊欽叔叔雖然是一位博士級的專家，到玉山國家公園觀察黑熊的時候，還是得靠都姆的幫忙才行。

小強躲在帳棚裡，很累卻睡不著，因為他一直擔心熊大哥不知道會不會在半夜來看他。

九、漫長的等待

第三天天尚未全亮，都姆就把大家叫醒。

山裡到處瀰漫著濃濃的霧氣，連眼前五公尺的東西都看不清楚，小強覺得自己像是在仙境一樣的特別。

「這些霧氣，就是在平地的人們所看到的『雲』，所以我們真的都站在雲端裡了。」達海的哥哥說。

「那我們不都成了孫悟空！」小強說。

今天大家都安安靜靜的，豎起耳朵，想聽聽看有沒有黑熊走路的聲音。傻欽叔叔也架好了望遠鏡與攝影機，好隨時觀察、捕捉台灣黑熊的身影。

可是，等了一整個上午，一點動靜也沒有。

因為太安靜了，都姆問小強：「你想不想聽一聽我們布農族的故事？」

小強正閒得發慌，一聽都姆要講有關布農族的事，當然很高興。

「我們布農族人並不是全都靠打獵過生活的，我們大部分時間也是在農耕，只有短時間用於狩獵。

「狩獵是我們原住民很重要的活動，而且也是很神聖的事情。以前布農族男人為了成為村裡的英雄，每個參與狩獵的男人莫不全力以赴。通常我們布農族男孩在六、七歲時就學會狩獵技術，還有製作陷阱的技巧，對我們而言，狩獵不僅是在大自然中謀生的技藝，更是證明自己是男子漢的重要憑據。記得那時候的長老都會告訴我們說，母獸不可以打、太小的動物也不打，若犯了禁忌，會被族人指責，會被驅逐的。

「到了大一點，就可以跟大人們一起去打獵了。

「我們打獵前要先在清晨時分舉行狩獵祭，儀式中婦女是絕對不可以參加的。然後由獵人大聲的唱出要獵捕的各種獵物名稱，以祈求打獵平安順利。長老還會依獵人前一天的夢境，來判定吉凶，決定這個人能不能參加打獵。如果都很吉祥了，獵人們才能帶著獵狗、狩獵工具往山區出發。」

都姆詳細的說著：「出發當天早上，參加狩獵的人會先將武器放在屋子中央的空地上，所有人員面對大門並且蹲在武器旁，獵人要非常謹慎、虔誠地向大地的精靈祭拜，然後領袖拿著裝酒的葫蘆瓢，用右手沾酒潑灑武器，對武器祈禱，所有人都要大聲呼應，祈禱狩獵的收穫豐富。作完了撒祭，才能出發。」

小強覺得儀式好複雜又好麻煩。

俊欽說：「你說的是『打耳祭』活動嗎？」

「不，『打耳祭』是我們布農族一年當中最重要的祭典，主要是祈禱來年能有個良好的狩獵成績，跟『馬拉斯達棒』（誇功宴）不一樣。『打耳祭』對布農族來說，不但是宗教節慶活動，更是代表布農族社會、經濟、教育、政治的祭典儀式，表示族人間彼此團結友愛。」吳先生說：「每年四、五月農閒時，會由各個部落自行舉行打耳祭，到時候你們別忘了來參觀喔！」

「一個人打獵會不會很危險啊！」小強說。

達海的哥哥也說：「布農族人很少單獨出外狩獵，大都以部落或家族親人所組成的龐大獵隊入山狩獵。我們很重視團隊精神的，打到獵物帶回部落後依序分配，要先呈獻給族中的長者，具有敬老及共享的意義。」

「子彈怎麼來的呢？」小強問。

「自己做啊！我們用山地溫泉區盛產的硫磺，加上硝石，和以鹽膚木焚燒後的木灰，就可以製成火藥。」都姆說。

「那，你們都在什麼時候去山裡打獵呢？」

都姆繼續說：「通常我們打獵活動是不定期的，大致上，九月到十二月及三月到四月間，都是布農族人狩獵活動的旺季。我們打獵的時間很長，少則一星期，多則半個月，打獵完畢返回村落時，我們常會以聲音來傳達歸來的訊息。像用鳴槍來告知部落中的人，獵到水鹿鳴槍兩次，獵到山豬鳴槍一次。

「獵隊狩獵回來後，要在領袖家的前院分配所捕獲的獵物。通常，動物的頭、右前腳和胸等部位是分給打中獵物的人，尾巴則是給第一隻發現並且追到獵物的獵犬的主人，其他部分的肉則由所有參加者平分。

「我們吃獵物時，只有獵取的人及老人可以吃頭、尾巴及內臟等部位，小孩不能吃腿、肚子肉及內臟。這些規矩大家都必須嚴格遵守。

「獸肉分配之後，參與狩獵的人會聚集一堂，舉行『馬拉斯達棒』，藉此檢討和相互傳授打獵的技巧和經驗。男孩子們每一個人都要報告打獵的成績，炫耀自己的成就，每個人都要據實以報，不可以多報少或少報多。每報一句，眾人跟著回應一句，最後齊聲歡呼，以祈求祖先賜福。

「這時就可以讓女生參加，並和男生圍成圓圈唱歌跳舞，大家高

興的唱歌跳舞，一直到天黑才解散」。都姆很懷念以前的美好時光，感傷的說：「現在幾乎沒有真正的『馬拉斯達棒』了。」

達海的哥哥說：「我還記得打獵時有很多禁忌，必須要一一遵守，像出發時，如有人放屁，就要稍作停留然後再走。若有人再放屁，就得隔天再出發了。」

達海聽了笑著說：「我怎麼從來都沒聽過這樣的規矩。」

「他說的沒錯，以前真有這樣的禁忌呢。」都姆閉著眼睛說：「唉！以前我們都和長輩一起上山去，打了很多山豬。但現在有槍也不能用，打了會被送到派出所。」

大家聊得很起勁，幾乎忘了要等待台灣黑熊出現的這回事。

忽然小強的手機響起，鈴聲劃破了這寧靜的山林，也嚇了大家一大跳。

十、無功而返

小強一聽是媽咪的聲音，便很高興的大叫：「媽咪啊，我正在山裡等台灣黑熊出現呢！」

可能是收訊不良，小強根本沒聽到媽咪說什麼，電話就斷了。

「你媽咪跟你說些什麼啊！」俊欽叔叔問。

「不太清楚耶，好像要我回去，不知道要回去哪裡。」小強說。

「她有急事找你嗎？」都姆說。

俊欽不放心，趕緊撥了手機給小強的阿姨，同樣收不到訊號。他開始有些著急了。

都姆看得出俊欽的緊張，也明瞭他的處境：如果繼續留在山裡，可能有機會紀錄到台灣黑熊的生活現況，但小強就無法馬上回到樟山的學校宿舍。相反的，若是現在回去宿舍，好不容易找到黑熊的蹤跡，就要前功盡棄了。

「俊欽啊，你現在打算怎麼辦呢？」都姆開口問。

俊欽還在猶豫。

「我看我們先都回樟山吧！天氣越來越冷了，黑熊也不大會在寒冷的天氣裡出來活動了，我們再等下去也不是辦法啊！」都姆說。

俊欽雖然覺得捨不得，但還是尊重都姆的意見。其實一路上從開始到現在，俊欽都很聽從都姆的話，因為他知道，山區裡各種事情，無論是天氣還是路況的變化都很快，唯有都姆豐富的經驗才能做出最好、最正確的判斷。既然都姆都提議要打道回府了，當然也沒有留下來的理由了。

「我們就這麼回去了啊！」小強心有不甘，也不捨。

「是啊！至少你看到了台灣黑熊的大便。」達海開玩笑的講。

「我想，來山裡的這三天，你應該學到了很多東西吧！也對我們布農族了解更多了，不是嗎？」都姆說。

小強點點頭，他知道或許以後都不會有這樣的機會，在這麼冷的冬天裡，到深山裡頭來過夜了。但小強相信，這幾天美好的記憶是他一輩子都不會忘記的。

既然決定不再等下去了，大家就把東西收拾一下，把所有不該留下來的東西全都帶走，還給大自然一個原本乾淨的環境。

俊欽叔叔說：「森林是玉山國家公園的寶庫，在這孕育了許許多多的生物。樹木對人類的貢獻不單單只是木材而已，還能做水土保持。樹木不能自衛，也不會逃跑，但是破壞樹木的人卻很多，種樹的人很少。所以國家公園中的一草一木，都要靠我們好好保護。」

大家雖然都很認同俊欽的話，但遙遠的路還是要走。小強一群人揹著沉重的行李，拖著沉重的步伐，好不容易才走出了矮灌木叢生的林子，走到林外的草地上。

「你們看，那裡有隻烏鴉！」小強指著在路邊一隻蜷曲著的黑鳥。

都姆過去將牠抱起來說：「這不是烏鴉，是『山烏秋』。」

「『山烏秋』，我怎麼沒聽過。」小強說。

「『山烏秋』應該就是『紅嘴黑鵯』吧！應該是生活在一千公尺以下，中、低海拔闊葉林的山區中啊，通常在高山上並不常見。」俊欽說。

「你看，牠跟烏鴉不同，牠的嘴和腳都是紅色的。」達海說。

「牠可能是翅膀骨折了！」都姆摸摸山烏秋的翅膀說。

「怎麼，鳥也會骨折啊！」小強第一次聽到。

「那當然，鳥類的骨骼也是非常脆弱的，特別是腳和翅膀。像是從樹上掉下來、遭受攻擊等原因，都容易受傷而折斷或粉碎。」都姆說。

「鳥兒也會從樹上跌下來啊！」小強第一次聽到如此的說法。接著他又好奇的問：「你要把這鳥帶回去吃嗎？」

「不，我想把它治療好。」

「你會替鳥兒看病？」

都姆要他兒子吳先生，小心的用木片固定翅膀，再用毛巾包好放

在衣服裡面，以人的體溫來為牠保溫。

吳先生遵照都姆的指示小心的照著做，還說：「我家常有很多紙盒，是爸爸用來飼養撿來的幼鳥或受傷的成鳥用的。」

都姆說：「照顧這些鳥可不簡單啊，一般的小型鳥類我都用些糖水或是用食物輕輕觸碰雛鳥嘴緣來餵牠們，而且大約每隔一到兩小時就要餵一次，是很麻煩的。」

「如果牠們的傷或病好了呢？」

「當然放牠們回去啊，牠們原是屬於大自然的，就該回到大自然去，野外放飛時儘量回到原拾獲地。牠不是一般的寵物，千萬不要拿對待寵物的方式來對待牠們，那樣做往往是害了牠，而不是愛牠。要儘量讓牠們與同類相聚，相互學習，不要讓牠與人太親近。這樣牠們才能健全的返回大自然裡去。」都姆說。

「對啊，像電影『威鯨闖天關』裡的『威利』，後來放回大海時，還是適應不好而死掉了。」俊欽說。

「其實紅嘴黑鵯在我們布農族裡是很受重視的鳥呢！」達海的哥哥說。

「為什麼呢？」

「你想知道嗎？」

「當然囉！」小強不好意思的說。

都姆說，看來我又得講故事了。

「很久很久以前，我們的韋拉（故鄉）突然遇到大洪水，這時布農族人和所有的動物都急急忙忙往山上逃命，他們由平地逃到玉山。但是忘了帶火種，於是有一隻癩蛤蟆自願要替族人去取火種。癩蛤蟆游到了對面高山的山頭上去，取了火種，準備要游泳回來。但是因為牠將火種含在嘴巴裡，半途中癩蛤蟆受不了火種的熱度，只好放棄火種，空手而回。

後來有一隻烏鴉也自願要替族人去取火種，牠飛到了對面的山頭，取了火種含在嘴裡飛回來。一路上烏鴉都忍耐著火種的高熱，不敢鬆口，終於將火種順利帶回到布農族人的居住地。但因為一路的高熱，烏鴉的嘴及腳也因此燒紅了！這也就是『紅嘴黑鵯』的由來。我們布農族人十分尊敬這種鳥類，將牠們當成是布農族的守護神，規定自己的後代不能用手指頭指著這種鳥，當然更不能傷害牠。而癩蛤蟆雖沒有取成火種，卻也得到族人的尊敬，不能輕易冒犯，否則會被雷劈！」

小強覺得布農族的故事比伊索寓言還有趣，也更有意義。

一邊走一邊聊天，反而忘了累，也不覺得苦。走著走著，遠遠的看到俊欽叔叔的吉普車就停在前方。大家都大大的鬆了一口氣。

小強抬頭一看，看見山上有兩隻老鷹盤旋在天空。

忽然達海從背後搭著小強的肩膀說：「你在看什麼呢？」

「我看那兩隻老鷹，不知道牠們要飛到哪裡去？」小強說。

「牠們不會一起飛到任何地方去的！」達海的哥哥說。

「你怎麼知道？」小強感到很奇怪。

「因為牠們是不同種的鳥啊！當然不會住在一起。」達海的哥哥笑著說：「虧你來山上快半年了，還分不清大冠鷲和鳳頭蒼鷹啊。」

「你是說那兩隻是不同的鳥，那為什麼會在一起呢？」小強問。

「誰說不同種類的鳥不能在一起飛啊！」

「可是他們看起來很像啊！」

「看起來像，並不表示就是一樣啊！你仔細看大冠鷲和鳳頭蒼鷹的習性有很明顯的不同。大冠鷲喜歡在高空盤旋，高高在上的用叫聲來宣告牠自己的領域地盤；而鳳頭蒼鷹只有偶爾飛到高空去，大部分的時間則在樹梢小心翼翼的守著自己的地盤。」

小強覺得達海對鳥有相當豐富的知識。而自己卻是一無所知，自己所知道的鳥類似乎只有麻雀一種。

「是啊！就像剛剛說的，每種動物都會有自己的習性，也會有屬於自己生活的區域，還是活在屬於自己的空間比較自在些。」都姆說。

8 回家

走了這麼遠的一段路程，終於到了俊欽叔叔吉普車的停放處。才一坐上去，小強便累得呼呼大睡。

車子上了南橫公路的柏油路，便平穩的行駛著。公路沿著溪谷蜿蜒前進，大部分的人都睡了。都姆卻一直看著窗外，這兒有著絕佳的視野，就算看它五十年、一百年都不覺得膩。

都姆告訴俊欽：「我們相信溪流是孕育所有生命的母親，許多布農族人都是沿著溪流而形成聚落。眼前這條荖濃溪和我們布農族人是息息相關的，沒有它，就無法滋養布農族人的生命。」

俊欽心有同感的說：「是啊！沒有荖濃溪就沒有了這片美麗的綠

色森林，沒有了綠色森林就沒有了豐富的生命力。所以溪流河水與所有的動物都是生命共同體，破壞不得啊！」

過了兩個多小時，車子回到玉山國家公園管理處的入口，這兒才逐漸有人們居住。

到了樟山，俊欽好不容易把熟睡了的小強給搖醒。

「看來他真的累翻了。」爹地輕輕的把他抱下車來。

朦朧中，小強看見爹地和媽咪就在眼前。他揉揉眼睛，確定沒看錯，高興的大叫：「爹地，你們怎麼來了？」

小強知道看到爹地和媽咪的時候，就是該離開這裡的時候了，不知道是該高興還是該難過。

「來接你回去啊！」媽咪說：「你忘了，當初我們講好，來這裡半年就回

去的啊！」

是啊！想想當初小強不喜歡這裡，幾乎是天天吵著要回台南，現在真的要回去了，卻又是非常捨不得。

爹地說：「你來這裡半年，變得又黑又壯了。」

「是嗎？」小強自己也覺得這半年來，好像變健康了，體力也比以前好多了，爬山、走路都難不倒他了。

走進宿舍，小強所有的東西都被打包好了，一箱一箱的排在房間的角落裡。

「你看看還有什麼東西沒帶！」媽咪說。

「我們什麼時候走啊？」小強問。

「只要把你的東西搬上爹地的車，馬上就可以走了啦！」媽咪說。

「能不能明天再走啊！我想跟朋友們道別。」小強說。

「好吧！應該也不急著這一天回去。」

小強回顧著這宿舍裡裡外外，所有的東西、所有的景物都曾在這半年裡，帶給小強美好的回憶。

忽然，小強看到一包包的包裹，這些都是媽咪以前寄到山上來給小強的東西，小強一直很忙，也就忘了拆開它們。此時，小強好奇的打開，發現原來那些包裹裡面都是《小牛頓》雜誌，是介紹自然與科學方面的書本。他隨手翻了幾頁，剛好看到介紹「台灣黑熊」的單元，裡面詳細的說明了台灣黑熊的生活習性，小強看了幾行，心中感到很激動，因為書本所說的，自己全都親身經歷過了，他想，回到台南，一定要告訴所有同學，自己所經歷過的冒險。

第二天，小強趕緊到同學家裡一一拜訪，告訴他們自己就要回去了，雖然捨不得，但永遠不會忘記他們。

熱情的同學們也送給了小強好多東西，有曬乾的愛玉、有釀好的梅子、有醃好的山豬肉，一袋一袋的，讓小強快拿不動了。

達海送給小強一隻小山豬，小強說回到都市裡可能不太方便養牠。

達海笑著說：「你仔細看清楚。」

小強這時才發現這是隻山豬的標本，可是栩栩如生，太像真的了。

「那可是我去年暑假，自己做的。是我最心愛的東西了。」達海說。

小強除了感謝外，更是欽佩達海的能力，竟然才小學五年級，什麼大人的工作他都會，甚至還會做動物標本。來到樟山國小，能認識達海，可算是小強最大的收穫之一了。

車子緩緩的離開了宿舍，許多村民和朋友們都到路上來送行。

「春天，記得回來參加我們的打耳祭喔！」都姆揮著手說。

小強從休旅車的後車窗望著所有的人，想到半年前剛到時，有人跟他說「米呼米桑」，是歡迎小強到來的意思。

現在小強則是大聲叫著：「台南『米呼米桑』。」因為他由衷的希望這裡的朋友們能有機會到台南來玩，小強一定要好好的招待他們。

樟山村慢慢變小，直到消失在公路的那一端，小強才回過身來坐好。

「媽咪，你們不再到上海了吧？」小強說。

「是啊，媽咪和爹地不會再叫你到上海讀書了。」

「謝天謝地，我們一家人終於可以在台南團聚了。」

「我們一家人是要團聚在一起沒錯，但應該不是在台南喔！」

「為什麼！」

「因為，我們接下來要到北京去了啊！」爹地說。

天啊！小強心裡想，又要改變環境，又要再一次的重新適應新朋友了！

作者、繪圖者簡介

王俍凱，民國五十五年出生，高雄師範大學科學教育研究所畢業。擔任過國小、國中及高中教師。目前任教於高中。擔任自然科學教師十餘年，並長期從事兒童故事及繪本的創作，對研究台灣布農族文化及習俗有濃厚興趣。

作品中常可見原住民的生活智慧及原野純樸的生活態度。

九歌少兒書房 ⑭⓪

米呼米桑・歡迎你

定　價：170元
第35集　全套四冊680元

作　　者：王 倀 凱
繪 圖 者：王 倀 凱
發 行 人：蔡 文 甫
發 行 所：九歌出版社有限公司
臺北市八德路3段12巷57弄40號
電話／02-25776564・傳眞／02-25789205
郵政劃撥／0112295-1
登記證：行政院新聞局局版臺業字第1738號
網　　址：www.chiuko.com.tw
門 市 部：九歌文學書屋
臺北市長安東路二段173號（電話／02-27773915）
印 刷 所：崇寶印製股份有限公司
法律顧問：龍躍天律師・蕭雄淋律師・董安丹律師
初　　版：2004（民國93）年7月10日

ISBN 957-444-147-4　　Printed in Taiwan

國家圖書館出版品預行編目資料

米呼米桑・歡迎你／王俍凱著.繪. --初版.
--臺北市：九歌， 2004〔民93〕
面； 公分. --（九歌少兒書房. 第35集；140）

ISBN 957-444-147-4（平裝）

859.6 93009338